文学はおいしい。

小山鉄郎
ハルノ宵子画

作品社

文学はおいしい。／もくじ

文学はおいしい。

カツ丼——吉本ばなな『キッチン』

元気が出るカツ丼の名場面
生命に深く関わる冷蔵庫

「私がこの世でいちばん好きな場所は台所だと思う」。吉本ばななのベストセラー小説『キッチン』は、こんな言葉で書き出されている。

大学休学中の桜井みかげは両親が若死にしたため祖父母に育てられたが、中学へあがるころ、祖父が死亡。そして先日、祖母も死んでしまった。

家族を失い、天涯孤独となったみかげは「どこにいても何だか寝苦しいので、部屋からどんどん楽な方へと流れていったら、冷蔵庫のわきがいちばんよく眠れることに、ある夜明け気づいた」。

その「冷蔵庫のぶーんという音が、私を孤独な思考から守った。そこでは、けっこう安らかに長い夜が行き、朝が来てくれた」とある。

この冷蔵庫というもの、いまだに一家に一台を守る家が多い電化製品だ。電話は個人のものとなり、テレビも一台ではない家が増えている。洗濯機やアイロンは家族全員が毎日は使わない。でも冷蔵庫は一台を皆が使う家が多いので、家族の伝言板に、メモを留めて備忘録に、と活躍している。

そしてなぜ、みかげは冷蔵庫のわきだと眠れるのだろうか。村瀬敬子の『冷たいおいしさの誕生—

日本冷蔵庫100年』によると、冷蔵庫は「食」という生命に最も関係の深い部分とつながっていて、「冷蔵庫のぶーん」という音に守られて眠るみかげは、無償で食べ物を与えられてきたという記憶に支えられている。それは制度としての家族というより、食べ物を分け合い、共に食べるという原初的な家族の記憶だろうと指摘している。

続編の「満月―キッチン2」では、みかげを救ってくれた雄一の母・えり子さん（実は雄一の父で女として生きている）が殺されてしまう。独りとなった雄一に、みかげが伊豆からタクシーに長距離乗ってカツ丼を届ける。

みかげが伊豆の駅近くのめし屋で食べたカツ丼は「カツの肉の質といい、だしの味といい、玉子と玉ねぎの煮えぐあいといい、固めにたいたごはんの米といい、非のうちどころがない」味。満月の下、みかげが店からテークアウトして運んだカツ丼を雄一が食べると、えり子さんが不在でも「闇はもう死を含んでいない」のだった。元気が出るカツ丼の名場面だ。

◆　◆

和食がユネスコの無形文化遺産に登録され、さらに注目が集まる日本の食の姿を、文学を入り口に考えてみたい。

牛鍋――仮名垣魯文『安愚楽鍋』

体位を向上させる牛肉
胃袋から文明をとりいれた

「士農工商老若男女、賢愚貧福おしなべて、牛鍋食はねば開化不進奴《ひらけぬやつ》」「此牛肉チウ物は、高味《こうみ》極まるのみならず、開化滋養の食料でござるテ」

幕末、明治の戯作者《げさくしゃ》で新聞記者でもあった仮名垣魯文の『安愚楽鍋』（明治四～五年、一八七一～七二年）は文明開化の時代に牛鍋を食べさせる牛肉屋に集まる、いなか武士や大工左官らしき職人、娼妓《おいらん》ら各階層の人物を活写している。

明治の時代まで日本人は長い間、牛肉を食べてこなかった。天武四（六七五）年に天武天皇が最初の肉食禁止令を出す。四月から九月の間は牛、馬、犬、猿、鶏を食べることを禁止し、違反者は処罰するという内容。食肉が貴重な役畜である牛や馬の減少につながることを恐れた政府が農耕との関連で禁止したのだ。

これに殺生を禁じる仏教の考えが重なってきて、東大寺の大仏開眼会《だいぶつかいげんえ》の七五二年には一年間、日本中で生き物を殺すことを禁じる令が出た。

何度も肉食禁止令が出ているのだが、逆に言えば食肉がかなり行われていたわけで、天武四年の令

も鹿と猪《いのしし》を禁じていない。しかし死や出血に関連する食肉が神道のケガレの思想にもつながり、薬食いと言われる食肉はあったが、一般には哺乳類の肉を食べなくなった。動物性タンパク源は主に魚を食すようになり、これが和食のメイン料理が魚となる理由である。

しかし明治維新の新政府は欧米をモデルにした近代国家をつくるために富国強兵策を推進。肉食によって日本人の体位を向上させることを考え、明治四年末には明治天皇が千二百年の肉食禁止令を解いて、肉食再開を宣言。翌年正月には宮中で肉食が再開され、このことが報道されていく。

まさに、これは『安愚楽鍋』が書かれた時期と重なっている。「肉を食べることは、あたらしい文明に同化することへの象徴であり、肉食を拒否する者は保守的な国粋主義者とされた。明治初期の民衆は、胃袋から文明をとりいれたのである」と石毛直道は『日本の食文化史』に書いている。

明治時代、家で牛鍋を食べる際、ケガレを防ぐため仏壇に目張りする家もあり、肉食禁忌の影響はやはり強かった。一方で牛鍋は醤油や味噌で味つけをして箸で食べるという日本人に適した肉料理だった。

すき焼き──田辺聖子「人情すきやき譚」

名は関西が勝ったすき焼き
関東大震災後に東京へ進出

「今でこそ、牛肉すき焼と、東京でも言うようになったが、すき焼というのは、関西流で、東京では、ギュウナベだったんだ」

喜劇俳優・古川緑波の食談エッセイ「牛鍋からすき焼へ」に、関東牛鍋軍と関西すき焼き軍の戦いが描かれている。緑波によると、大正十二（一九二三）年の関東大震災の後に、東京へ関西風すき焼きが進出してきて、だんだん東京でもすき焼きと言うようになった。

でも関西すき焼き軍の軍門に下ったのは、名前だけで、関東風のつくり方は以前のままだ。もっとも生卵をつける食べ方は関西から渡ってきた。

関東はわりしたで煮る方式。関西は焼き肉式。田辺聖子の短編「人情すきやき譚《たん》」は、その関東風と関西風のすき焼きの戦いを描いた小説だ。

「あなた。煮えたわよ」。冒頭そう声をかける妻・令子は東京育ち。主人公の夫・鶴治はサラリーマンだが、戦前は大阪で老舗の紙問屋の出身。大阪弁に「あなた」という言葉がなく、さらに「煮る」も落ち着かない。大阪弁では「炊く」という。

令子は鉄鍋を熱してヘッドを塗り「牛肉と白葱《しろねぎ》、玉葱《たまねぎ》を敷いて、そこへざぶりと、『わりした』をまわしかけた」。

鶴治は大阪風のすき焼きを食べるのが無上の喜びという人。白葱より青葱がいい。豆腐も焼き豆腐がええ。それに麩《ふ》ゥなかったら、すき焼きにならへん。わりした、いうのはあかんねん……。そう妻に言いながらつい泣き声が出た。それを聞き、妻は切り口上に言った。「じゃ、どうやってつくればいいんですかッ！」

そして鶴治は昔の恋人で、大阪の女・百合枝と再会。一緒にすき焼きを食べにいく。百合枝は牛肉と葱をいため、そこへ砂糖をぶちまけて、よく炒《い》りつけていく。「大阪のは甘いやろ、あっちは、からいねん」と鶴治は百合枝に話している……。

江戸時代から魚などをすりへった鋤《すき》の上で焼いた料理があって、すき焼きの名の語源説がある。古い鋤の使用は家の調理道具で肉を焼いたらケガレて使えなくなるからではないかと、食の著作も多い森枝卓士は指摘。

牛鍋に外食が多かったのも、肉食によるケガレを避けたためではないかと森枝は推測している。でも肉食のタブー意識は急速に薄れていき、すき焼きは日本を代表する肉料理となった。

湯豆腐——久保田万太郎の名句

淡い感覚が生きる湯豆腐
軟らかい日本製は水の中に

「湯豆腐やいのちのはてのうすあかり」。小説家、劇作家で俳人でもあった久保田万太郎の句。湯豆腐を詠んでこれほど知られた俳句もないだろう。万太郎が七十三歳で亡くなる五カ月ほど前、死の前年末、同居中の愛人の急死後、間もない俳句だ。

弟子の成瀬桜桃子はこの句の解釈の代わりに万太郎が晩年に作ったこんな小唄を挙げている。
「身の冬の／とゞのつまりは／湯豆腐の／あはれ火かげん　うきかげん／月はかくれて／あめとなり／雨また雪となりしかな／しよせん　この世は　ひとりなり／泣くもわらふも／なくもわらふもひとりなり」

これは料理人・辻嘉一『現代豆腐百珍』のために書かれたもの。万太郎は文化勲章受章作家だが、妻が睡眠薬自殺、息子も三十五歳で病死、さらに再婚した妻と別居して暮らしていた愛人も死んでしまった。「しよせん　この世は　ひとりなり」の感慨が湯豆腐に託されて見事な句となった。

豆腐は中国・漢の高祖劉邦の孫である淮南王《わいなんおう》が紀元前二世紀に作ったと伝わるが、篠田統《おさむ》・秋山十三子の『豆腐の話』によると、事実を裏付ける文献がなく、唐時代の八、九世紀に北方遊牧民の乳腐《にゅうふ》

からヒントを得て作られたものらしい。

乳腐は牛乳、馬乳などを酸や酵素で凝固させたもので、ヨーグルトやチーズとなる。その乳腐の原料として大豆の煮汁を代用したものだ。「腐」は「くさる」ではなく「ブルンブルンするもの」の意味だという。日本伝来の時期ははっきりしないが、平安末ごろまでに製法が伝わったようだ。

その豆腐は植物からタンパク質が得られる画期的な発明で、肉食を避ける精進料理などには必須の食品になっていった。万太郎の句への感銘にも動物性の食品ではない淡い感覚が生きている。

日本の豆腐の特徴は湯豆腐や冷奴《ひややっこ》の食感を楽しむために軟らかいことで、形が壊れないように水に入れておく。中国、朝鮮半島の豆腐は積み重ねて売れるほど固い。

そして湯豆腐は鍋の豆腐が動きだして浮き上がるまでを煮加減とする。万太郎の「あはれ火かげん　うきかげん」は、その火加減のことだろう。

久保田万太郎は昭和三十八（一九六三）年五月六日夕、画家・梅原龍三郎邸の美食会席上、食べた寿司の赤貝を誤嚥《ごえん》して窒息死している。

コロッケ――幸田文『流れる』

「熱いのを一ッ揚げて」鹿鳴館から庶民の味へ

「コッペ一ツとコロッケ二ツ、いえ三ツ買って来て頂戴《ちょうだい》。一ツはあんたにお駄賃《だちん》にあげる」。幸田文の『流れる』に主人公・梨花が芸者・染香からそう頼まれる場面がある。

没落しかかった芸者置き屋に住み込み女中として働く梨花が肉屋に寄ってコロッケを買おうとすると、揚げざましの状態。

そこで梨花は「ご面倒だけど熱いのを一ッ揚げてくれませんか」と頼む。「つめたいコロッケは脂臭く葱臭《ねぎ》くざっかけない味がするけれど、もし揚げたてなら葱臭さはうまそうに匂《にお》うし、脂は実際うまくもある」からだ。

幸田文は一時、東京の芸者置き屋の住み込み女中として働いたことがある。その経験を生かして書いた『流れる』(一九五六年刊)で日本芸術院賞などを受賞。小説家としての出世作となった。

コロッケのことは終盤にも登場。お金のことで、染香が置き屋の女主人に「私はここ何十日コロッケ一ツで我慢してる」と文句を言う場面もある。安価なコロッケは庶民派食べ物の代表なのだ。

だが、元はフランス料理のクロケットとして輸入された、今のクリームコロッケに似た西洋料理だ

と言われている。クロケットは鹿鳴館や宮中の料理にも出されていた。

婦人誌「女鑑」の一八九五（明治二十八）年の号は芋コロッケとともにフランスコロッケの作り方も掲載。小菅桂子は『にっぽん洋食物語大全』でそれを紹介し、同年の段階で「クロケットとコロッケは二つの道を歩み始めている」と記している。

それが大衆化していくきっかけは一九一七（大正六）年に劇中歌として発表された「コロッケー」の唄だった。「ワイフ貰《もら》って嬉《うれ》しかったが／いつも出てくるおかずがコロッケー／今日もコロッケー明日もコロッケー／是じゃ年がら年中コロッケー」が大流行。コロッケを日本中に広めたのだ。

淡泊な味を好んだ日本人の庶民に油を使う料理があまりなく、天ぷらの場合も植物油を使った。牛や豚の脂を使う揚げ物は新感覚の味だった。

『流れる』は成瀬巳喜男監督で映画化され、田中絹代の梨花が揚げ直してもらったコロッケを杉村春子の染香に渡すと、染香が「コロッケが一番いいじゃ。安くておいしくて」と言う場面がちゃんとある。肉店の揚げたコロッケ販売は関東大震災後の昭和初年ごろからのようだ。

カレーライス——安西水丸の「カレーライスの話」

西洋と日本が一皿に混在
牛肉高騰で安い豚肉に注目

「母は肉を食べないぼくになんとか肉を食べさせようとしてカレーライスを思いついたのではないかと思っている。カレーライスの時だけはぼくも肉を食べた」

村上春樹『村上朝日堂』の巻末に同書の絵を担当した安西水丸のエッセイ「カレーライスの話」が付録的に載っている。「母親によってカレーライス中毒にされてしまった」安西は後にカレーの地位向上委員会をつくるほどのカレー党になった。

千二百年間の肉食禁止令を解いて明治天皇が肉食を再開した明治五（一八七二）年。この年、カレーが初登場する料理書『西洋料理指南』が刊行された。そこにカレーに入れる具材として「鶏海老鯛蠣《たいかき》」に続き「赤蛙《あかがえる》」が挙げられている。

小菅桂子『カレーライスの誕生』によると、各国との条約に基づく安政六（一八五九）年の開港で、多くの英国人が中国人の料理人を連れて横浜にきた。日本のカレーはインドからではなく、この英国人経由だったが、赤蛙は中国人の影響らしい。

その『西洋料理指南』は、牛羊鶏豚は栄養価が高く、それらが材料の西洋料理を学んで健康を増進

すべきだと説く。安西も〝西洋料理〟のカレーライスで健康増進した一人だ。子供時代、病弱で「しかも偏食でがりがりに痩せていた。母親はそんな僕になんとか栄養をつけようとおもったらしい」と「カレーライス雑考」に記している。
明治政府は富国強兵のために肉食で日本人の体位向上を図ったが、日清・日露戦争時に戦地に牛肉の缶詰を大量に送ったため、市場で牛肉が高騰、安い豚肉が注目されて、以来関東では豚肉がカレーライスに定着した。
やはりカレーライス好きの吉本隆明『食べものの話』によると、ご飯にかけるものでは、吉本の父母は、とろろご飯が好きだったようだ。「子どもたちのなかにカレーライスの味が侵入し、普及し、とろろご飯より好きだと感じるようになったときが、日本食の世界が近代化の波をうけいれた指標ではないかとおもう」と吉本は述べている。
「カレーの西洋」と「ご飯の日本」が一皿に混在するカレーライス。スプーンで片手で食べられる日本人に適した料理だ。定番の福神漬けは、小菅によると、明治三十五〜三十六年ごろ日本郵船の船の一等食堂で、上野の「酒悦」考案の福神漬けを添えたのが始まりという。

ジャガイモ――国木田独歩『牛肉と馬鈴薯』

西洋料理の普及で急増
渡来当初は鑑賞、飼料用

国木田独歩の代表作の一つに『牛肉と馬鈴薯《ばれいしょ》』がある。東京の洋館二階の食堂に六人の男が集まり、そこに物書きの岡本誠夫が遅れて加わる。

当初、話の中心にいる上村は「理想と実際は一致しない」と言う。その理想は「馬鈴薯」に、実際の方は「牛肉」にたとえられ、「ビフテキに馬鈴薯《いも》は附属物《つきもの》だよ」と発言する男もいる。

三十五歳の上村は同志社大出身で、若い頃はキリスト教に夢中で「大々的馬鈴薯党《じゃがいも》だった」。「汚《けが》れたる内地を去って、北海道自由の天地に投じよう」と思っていたのだ。

彼は本当に馬鈴薯の本場札幌へ行き「十万坪の土地」を手に入れた。だが同行の友は「自然と戦うよりか寧《むし》ろ世間と格闘しようじゃアないか、馬鈴薯よりか牛肉の方が滋養分が多い」と言って去ってしまう。そして北海道の冬が来て、上村も同様に去ってきた。彼は「今は実際主義で」「腹が減《す》いたら、牛肉を食う」という。

この話を受けて、独歩に相当する岡本が自分も「北海道熱の烈《はげ》しいのに罹《かか》って居りました」と話す。ある少女と将来の生活地に北海道を決めていたのだ。「山林の生活!」という独歩の基本理念も出てく

るし、最初の奥さんに逃げられた独歩の体験も反映している。同作は一九〇一（明治三十四）年発表。牛肉も馬鈴薯も本格的食用は明治以降だが、作中の話が理解できるほど、一般に入ってきていたのだろう。

同作で「理想」を表すジャガイモは、慶長年間の一五九八年にジャガタラ（現ジャカルタ）からオランダ人が長崎に伝えたので、この名がある。

サツマイモに比べて甘みも少ないため、渡来当初は鑑賞、飼料用で、日常食として関心は持たれていなかった。

作中「北海道は馬鈴薯《じゃがいも》が名物」との発言もあるが、江戸期から、特に明治期に北海道へ各種ジャガイモが伝えられた。だが同作が書かれた明治三十年代前半には国内生産量は二十五、二十六万トンで、まだサツマイモの十分の一だった。

しかし大正五（一九一六）年に百万トンを超え、翌年には「コロッケー」の唄が大流行となり、同八年には百八十万トンに急増している。大正時代に普及したコロッケ、カレーライスに、ジャガイモは欠かせぬ食材となった。

『近代日本食文化年表』には「馬鈴薯は西洋料理の普及とほぼ歩調を合わせて伸びている」と記されている。

肉じゃが――柏井壽『鴨川食堂』

意外と新しい命名
思い出に関わる料理の味

柏《かしわ》井《い》壽《ひさし》『鴨川食堂』は京都・東本願寺近くの店が時々雑誌に出す「〝食〟捜します」の広告を知って、訪れる人びとの思い出の食を、鴨川流《ながれ》・こいしの父娘が捜し出すという小説集だ。二〇一六年、NHKで連続ドラマ化されたが、第一話に選ばれたのが「肉じゃが」だった。

三十三歳の企業会長である伊達久彦が女性誌から思い出のおふくろの味について取材を受けることになり、ふと「肉じゃが」を思い出す。彼は五歳で母が亡くなり、小学校卒業時に父も死亡。中学高校は継母に育てられた。

実母が作る肉じゃがは赤かったことなどを久彦が話すと、流は健在な継母を訪ねていろいろ聞き出してくる。赤い肉じゃがは、偏食が激しい久彦のために、実母がニンジンをすりつぶして煮込んでいたからだった。継母も久彦の母から食べ物のレシピを託され、忠実に実母の料理を作っていたことが明かされていく。

渋川祐子『ニッポン定番メニュー事始め』によると、おふくろの味の代表・肉じゃがの名は意外に新しく、高度成長終盤の昭和四十年代終わりごろ。それまでは「牛肉とじゃがいもの甘煮」などだっ

た。ファストフードが大流行。健康の観点から〝和食〟が見直され「肉じゃが」となっていった。
評論家・詩人の吉本隆明も大のジャガイモ好きで、長女・ハルノ宵子との共著『開店休業』によると、吉本は醬油でなくソースを使った肉じゃがのソース煮を作っていたという。それは吉本の母が昔作ってくれた料理だ。〈料理の味は思い出に関わっている部分が大きい〉が吉本の味覚理論。だが肉じゃがのソース煮はなかなか美味のようだ。
渋川もハルノも書いているが、肉じゃがほど失敗しない料理はなく、男たちが女性に作ってもらいたい料理の筆頭に肉じゃがを挙げているのを見ると、「ダマされてるなぁ」と思うという。久彦の生地は広島県呉市近くの設定。作中「呉は肉じゃが発祥の地と言われています」とある。
明治の海軍大将東郷平八郎が英国留学中に食べたビーフシチューを忘れられず作らせたが、ソース類などもなく、醬油と砂糖味で作った和風ビーフシチューが肉じゃがの原型との話がある。そこから東郷の元勤務地の京都府舞鶴市と呉市が発祥地に名乗りを上げているのだ。だがこの肉じゃが誕生伝説、やや証拠不足のようだ。

鯖の味噌煮

主人公たちの運命を変える使う調味料の違いか？——森鷗外『雁』

鯖の味噌煮が出てくる小説の代表と言えば、森鷗外の『雁《がん》』だろう。

『雁』は高利貸の愛人・お玉の医学生・岡田への悲恋を「僕」という人物が語っていく中編小説だ。無縁坂（上野の不忍池近くから東大付近までの坂）の妾宅にいるお玉は、家の前を散歩する岡田と会釈を交わすようになる。そして岡田への思いを募らせたお玉は、その日、岡田を家に呼び込もうと心に決めていた。

だがこの日、「僕」の下宿の晩飯に「青魚《さば》の未醬煮《みそに》」が出たのだ。「僕」が「身の毛も弥立《よだ》つ程厭《いや》な」食べ物だ。女中に「あなた青魚がお嫌」と聞かれ、「焼いたのなら随分食うが、未醬煮は閉口だ」と答えている。

「僕」は隣室の岡田を誘い、外に散歩に出る。無縁坂にはお玉がいたが、二人連れなので声がかけられない。

『雁』の題は石原という学生が不忍池の雁をとろうとするので、逃がすために岡田が投げた石が雁に当たってしまい雁が死ぬことからの名づけ。偶然の雁の死はお玉の運命に重なっている。そして帰り

道、石原も加え三人で無縁坂を通るが、お玉はまた岡田に声をかけることができない……。

田村勇『サバの文化誌』にも「サバは何といっても味噌煮に尽きるといわれるように、旬の脂の乗り切ったマサバの味噌煮には太刀打ちできるものはない」とある。そのとろりとした鯖の味噌煮の美味を楽しむ「鯖味噌煮薄皮の海そつと剝《は》ぐ」という句もある。

小堀杏奴『晩年の父』によると、鷗外自身も鯖の味噌煮が嫌いだったという。鷗外は島根県津和野の出身。津和野は鯖を刺し身で食べるほどの鯖文化の土地だ。新鮮な鯖を食べられる地ゆえに、鯖の味噌煮を食べることがなかったのだろうか。

『雁』は明治末に執筆が始まり、本の刊行は大正四（一九一五）年五月。鯖の味噌煮の場面以降は刊行直前の筆で「その時から三十五年を経過している」と作中にある。つまり時代設定は明治十三（一八八〇）年である。

今柊二は『定食と文学』で、現代の鯖の味噌煮は酒・みりん・砂糖をふんだんに使って調理するが、『雁』で書かれた時代はこれらの調味料をほとんど使わずに鮮度のよくない鯖を料理していたのではないかとの仮説を記している。これに妙に納得してしまった。現代の鯖味噌煮のとろけるような味は絶品だ。

サワラ――村上春樹『ねじまき鳥クロニクル』

瀬戸内の春告魚
再生や成長の象徴

「スーパーで買ってきた生の鰆《さわら》の切り身を皿に入れて、猫に与えた」

村上春樹『ねじまき鳥クロニクル』第三部でずっと行方不明だった猫が帰ってきたので、「僕」が鰆を猫に与える場面がある。猫は空腹らしく「あっというまにその切り身を平らげて」しまう。

同作はある日、失踪してしまった妻を「僕」が長い時間をかけて取り戻す物語である。「僕」が飼っていた猫は目つきが妻の兄と似ていたので、兄と同じ「ワタヤ・ノボル」と呼んでいたが、物語の冒頭、その猫が行方不明となり、続いて妻も失踪してしまうのだ……。

「僕は猫が戻ってきたちょうどそのときに、自分がたまたま鰆を買って来たことが嬉《うれ》しかった。それは猫にとっても僕にとっても、祝福すべき善き前兆」に思えた。よほどおいしいのか、猫が食べた後の皿はぴかぴかだ。だから猫に「サワラ」と名をつけ直すのだ。

「魚」に「春」と書く「鰆」は春の瀬戸内に産卵のため押し寄せる。瀬戸内の春告魚《はるつげうお》だ。猫への「サワラ」の名づけは妻の帰還の予告だろう。

サワラはサバ科の魚。「サワラ」は「狭腹《さはら》」の意味でスマートな体形。末広恭雄は『魚の博物事典』で

「マグロが会社の重役タイプ型なら、この魚はさしずめ映画俳優の型だ」と記している。

照り焼き、塩焼き、刺し身にしてよいが、四国旅行中に播磨灘のサワラを食べたという末広は、旅館の夕食に出たサワラの白味噌漬けが「白くて長い肉の繊維にほどよく味噌がのって絶味だった」と書いている。

このサワラ、近年、瀬戸内海では漁獲が激減し、逆に日本海側ではたくさん取れている。日本海は生態系の変化で、餌のカタクチイワシが増えたためと思われる。瀬戸内側も小型魚の漁獲制限や稚魚放流などによって回復傾向にあるという。

『ねじまき鳥クロニクル』の「サワラ」ばかりでなく、村上小説に出てくる猫には、なぜか魚系の名が多い。例えば『羊をめぐる冒険』の猫は「いわし」、『海辺のカフカ』の黒猫は「トロ」。太古、魚は生命のシンボルだった。この魚系の名を持つ猫たちは、再生や成長の象徴なのだろう。

「サワラ」も帰宅した時は体に泥がつき、毛はもつれて玉のようになっていたが、鰆を食べた後は「泥や毛玉はもうすっかりなくなって」いた。

ホヤ――三浦哲郎「火の中の細道」

狂おしいほどの懐かしさ
三陸特産の独特の苦味

新鮮なホヤの独特な苦味は、好きな者にはこたえられない。三浦哲郎の短編「火の中の細道」は、そんなホヤ好きの兵隊・清吉が軍隊を脱走する物語。舞台は終戦間近の本州北端の都市である。

清吉は軍の外出日には港の魚市場へいき、ホヤを食うのを楽しみにしている。「口に入れたとたんに、つーんと鼻を貫いてくる、あの独特の匂い」を愛しているのだ。

ホヤを食べた後、清吉は私娼の町で「磯の匂い」がする多代という女に出会う。聞けば、多代の両親は昭和八（一九三三）年の三陸津波で亡くなっていた。多代も流されたが「電信柱にひっかかって」助かったという。そして清吉もあの津波の時、母と妹、弟を大波にさらわれていた……。それは清吉、多代が九歳の時のことである。

ある明け方、清吉は夢の中でホヤを両手で抱えて汁を飲んでいた。夢から覚めた清吉は「本当にホヤが食いたい」「今夜こそ、多代を迎えにいこう」と思う。「一つのホヤから、かわるがわる汁を飲んで、それが固めの盃《さかずき》」としたいのである。

「その狂おしいほどの懐かしさは、ホヤを食べ馴《な》れた人でないとわからない」とある。ホヤは三陸の

人にとって、自分が何に「飢えているかをはっきり」自覚させる食べ物なのかもしれない。

ホヤは紀貫之『土佐日記』（九三五年ごろ）で女性たちが水浴する情景の描写の場面などにも登場。平安貴族にはなじみ深い食べ物のようだったが、その後、文献上は江戸期までほぼ姿を見せなくなる。本山荻舟《てきしゅう》『飲食事典』によると、産地から遠い都市では「ほとんど忘れられていたのが再認識されたのは昭和の初めごろ」だという。

現代の三陸のホヤ養殖場は二〇一一年の東日本大震災の津波で大打撃を受けた。最大の産地宮城県では一四年から出荷再開となったが、原発事故の影響から、ホヤの大量輸入国・韓国が輸入を止めたりしたため、新しい販路を求めて、首都圏で刺し身や焼き物、天ぷらなど、ホヤ料理のPRしている。

このホヤ、意外にも、人間とかなり近い生物である。最近もホヤに鼻のもとになる細胞があることが分かるなど、無脊椎動物中、最も脊椎動物に近いとされる生物で、研究のモデル生物としても使われている。

東北三陸海岸特産のホヤは、初夏から盛夏に最盛期を迎える。

牛乳――正岡子規『仰臥漫録』／夏目漱石『道草』

滋養にいい万病の一薬
有名人が続々経営

正岡子規最晩年の日記『仰臥漫録《ぎょうがまんろく》』には病にふせる子規の食事が詳述されている。その中で、子規は牛乳を連日飲む。明治三十四（一九〇一）年九月二日から始まる日記に同日「牛乳一合ココア交《まぜ》て」とあり、翌日にも「牛乳五勺《しゃく》ココア交」とある。一緒に菓子パンを食べることも多い。子規は牛乳好きなのだろうが、当時、牛乳が滋養にいいと言われていたのだ。

明治維新の翌年、官営の「牛馬会社」を設立して、政府が率先して牛肉食と牛乳の普及に乗り出した。この会社の宣伝文には「抑々《そもそも》牛乳の功能は牛肉よりも尚更《なおさら》に大なり」「実ニ万病の一薬と称するも可なり」とある。

元々牛乳は大化元（六四五）年ごろ、中国から渡来。酪《らく》、酥《そ》、醍醐《だいご》などの乳製品まで作られていた。だが天武四（六七五）年に肉食禁止令が出ると、次第に牛の飼育も減り、一般には牛乳が長い間、飲まれなくなった。

それが明治維新で、政府が富国強兵、日本人の体位向上のため、肉食を解禁、牛乳を飲むことを勧めていったのである。明治の初期に榎本武揚、松方正義、山県有朋、副島種臣ら有名人が続々と牛乳屋

を経営するようになり、牛乳は庶民に少しずつ広がっていった。

子規の親友・夏目漱石の『坊っちゃん』にも「物理学校などへはいって、数学なんて役にも立たない芸を覚えるよりも、六百円を資本《もとで》にして牛乳屋でも始めればよかった」とある。牛乳屋は時代の商売だったのだろう。

『道草』には漱石に相当する健三が異母姉を見舞うと「養生はしているよ。健ちゃんから貰《もら》う御小遣の中で牛乳だけは屹度《きっと》飲む事に極《き》めているんだから」と姉が言うところがある。

河内一郎は『漱石、ジャムを舐《な》める』の中で『道草』の場面を紹介。牛乳は「入退院を繰り返していた漱石にとって、特に入院中の病人食には欠かせないものだった」と記している。河内によると、漱石は家でも牛乳を配達させていて、月末にまとめて支払っていた。ちなみに大正三（一九一四）年十二月は七円五十銭。大正五年の一円は二〇〇六年には約九百二十四円との試算もあり、仮にそのまま換算すると同月の漱石の牛乳代は約七千円。

明治十四年には東京の一般家庭に牛乳配達が開始され、明治三十三年にはガラス瓶が使用されるようになっていった。『仰臥漫録』が記される前年である。

素麺——角田光代『八日目の蟬』

サラダにしてもおいしい
細くする技、留学僧伝える

不倫相手の赤ちゃんを誘拐する角田光代『八日目の蟬』に、犯人の希和子が奪ってきた子・恵理菜と小豆島を訪れ、素麺《そうめん》屋に勤める場面がある。

その素麺屋勤務が始まる前、ハナちゃんという島の女の子が「ふし」と呼ばれる素麺の端っこのUの字になった部分で、サラダを作ってくれる。

「ざく切りにしたトマトとキュウリの上に、盛大にふしをのせ、醬油ドレッシングをまわしかけたもの」だ。希和子もおいしさに驚き「私も今度やってみようかなあ。もとは麺なんだから、おいしいに決まってるよね」と言う。すると恵理菜から名を変えた幼い薫も「ねー」と同意するのだ。

小豆島は素麺名産地の一つ。角田光代も同作の取材で訪れた日の昼に食べた素麺は「おいしくてびっくりした。何か不思議なこくがある」とエッセイに書いている。「素麺は冷たくひやしてつゆで食べるのがいちばん」ともあるので、『八日目の蟬』の素麺もきっと夏を意識したものだろう。

岡田哲《てつ》『たべもの起源事典　日本編』によると、小麦粉、米粉、塩を混ぜた生地を延ばしねじったひも状の食品・索餅《さくべい》が中国にあり、これが索麺（素麺）の祖型とされている。日本の平安中期の『延喜

式』（九二七年）にも索餅の作り方がある。

　索餅の米粉の代わりに、油を塗布して表面の乾燥を防ぎながら麺を細く延ばす技術が鎌倉期の留学僧によって再伝来。これが今の素麺だ。「索」は縄なうの意だが、その色が白く「素」の字を日本で使うようになった。

　希和子は逮捕後の報道によると「服はもらいもの　食事は素麺の切れ端」。島で素麺のふしを食べ続けていたようだ。

　物語は成長して小豆島を訪れようとする恵理菜（薫）と希和子がすれ違う場面で終わっている。

　逃亡生活でがらんどうの人間になった希和子なのに「この手のなかにまだ何か持っているような気がする」「いけないと思いながら赤ん坊を抱き上げたとき、手に広がったあたたかさとやわらかさと、ずんとする重さ、とうに失ったものが、まだこの手に残っているような気がする」のだ。

　どんな人間にも、生きている価値があるということだろう。素麺の切れ端・ふしのおいしさは、希和子の人生と思いの象徴だろうか。小豆島の素麺作りは安土桃山の慶長年間以来、四百年以上の伝統がある。

鯛――谷崎潤一郎『細雪』

最も日本的なる魚
縁起のよい語呂合わせの力

「君は魚では何が一番好きか」「鯛《たい》やわ」。谷崎潤一郎『細雪《ささめゆき》』で、谷崎に相当する貞之助と、松子夫人がモデルの幸子が、新婚旅行先の箱根の旅館で、食い物の好き嫌いを語る場面がある。「鯛」と聞き、貞之助はおかしがる。「鯛とはあまり月並過ぎる」からだ。でも幸子の説によると「形から云《い》っても、味から云っても、鯛こそは最も日本的なる魚であり、鯛を好かない日本人は日本人らしくない」と谷崎は記している。

『細雪』は大阪船場の古い商家で知られる蒔岡家の四人姉妹の物語。次女の幸子の発言には、自分が生まれた上方こそは、日本で鯛が最も美味な地方、日本の中でも最も日本的な地方という誇りが潜んでいる。

同様に「花では何が一番好きか」と問われれば、幸子は「躊躇《ちゅうちょ》なく桜と答える」。鯛は「明石の鯛」でなければ、桜も「京都の桜」でなければならないという人なのだ。

「鯛は、我が国の鱗《ぎょるい》中の長である。形・色ともに愛すべきで、水中では紅鱗《こうりん》が光を動かし、美しい」と江戸期・元禄時代の『本朝食鑑』にある。

でも、鈴木晋一『たべもの噺《ばなし》』によると、平安・鎌倉期に最も高貴な魚は「鯉《こい》」だった。その時代に京都で味わえる鮮魚といえば、まず淡水魚で、味・姿とも鯉が優れていた。加えて、中国黄河にある急流の竜門を登った鯉が竜になるという登竜門伝説を持つ魚だった。

近世に入って、鯉と鯛の位置が逆転。運輸面も条件が改善されて、生鮮品やそれに近い一塩物などが入手しやすくなったからだ。さらに「鯛」を「めでたい」に通じるとして、縁起のよいものと考えるようになっていたことも理由の一つ。

こういう考えは名詮《みょうせん》と呼ばれて、室町時代に礼法の小笠原流などが言いだしたものだという。かち栗を「勝」、昆布を「よろこぶ」、鯛を「めでたい」とする語呂合わせは、現代でも続いている。『細雪』では三女雪子の見合い話が物語を動かしていくが、その雪子も「明石の鯛」が好きだ。

雪子がしばらく東京にいて、赤身の刺し身ばかり食べさせられると「明石鯛の味が舌の先に想《おも》い出されて来、あの、切り口が青貝のように底光りする白い美しい肉の色が眼の前にちらついて来て」、阪急沿線の明るい景色や芦屋の姉妹、めいの面影と重なってくるのだった。

おむすび――石川淳『焼跡のイエス』／森内俊雄「食べる」

戦後にはびこる人間を活写
非日常の感覚

昭和二十一（一九四六）年七月のみそか。東京・上野ガード下の市場の屋台を「わたし」がのぞいていると、蠅《はえ》がたかっている黒い丸いものが見える。

屋台の人が「さあ、焚《た》きたての、あったかいおむすびだよ。白米のおむすび一箇十円」と言う。蠅に見えるのは「海苔《のり》で包《くる》んだ」ムスビのようだ。

そこに泥まみれのボロを着て、頭と顔はデキモノとウミだらけの少年が足どり軽く歩いてくる。十歳から十五歳の少年だが、彼は「まあたらしい札《さつ》を一枚出して台の上におくと、まっくろに蠅のたかったムスビを一つとって、蠅もろともにぐわりと嚙《か》みついた」のだ。

ムスビを食った後、少年は店番の女を襲い、抱きつく。「なにしやがんだい、畜生、ガキのくせに」と叫ぶ女と少年が、よろけてきて「わたし」は地べたにたたきつけられる。そして「わたしがやっとおきあがったときには、少年はどこに消えたのか、もうその影も見えなかった」。これは石川淳『焼跡のイエス』の名場面。少年の沈着で機敏、堂々たる態度に、戦後の焼け跡の新開地にはびころうとする人間の始まりが活写されている。

おむすびには敗戦後の市場にしろ、災害時にしろ、ピクニックにしろ、非日常の感覚がある。

敗戦の年の三月十三日夜、大阪空襲の中を逃げまどい、御堂筋下を走る地下鉄の構内で命を永らえた森内俊雄。翌朝、NHKの職員からもらったおむすびを「神聖に輝いて空腹をみたす以上のものだった」と、キリスト教徒である森内は短編「食べる」に記している。

下重暁子はNHKの新人アナウンサーとして名古屋赴任三カ月目に伊勢湾台風に遭遇。一年先輩アナの野際陽子と一緒に取材したが、朝から何も食べていなかった。その後、別の先輩の家に行くと奥さんが作ってくれていた塩だけのおにぎりが並んでいた。「おいしかった。いままで食べた何よりも」と随筆「おにぎりと台風」に書いている。

おむすびの原型は平安期に中国から渡来した屯食《とんじき》。江戸中期に「にぎり飯」と呼ばれるようになり、女房言葉の「おむすび」は幕末ごろ一般化した。

江戸時代に歌舞伎が盛んになると、にぎり飯におかずを付けた「幕の内」という弁当が現れ、今にまで生きている。明治十八（一八八五）年、宇都宮駅で誕生した駅弁第一号もゴマをまぶしたにぎり飯二個にたくあんを添えたものだった。

白玉――永井荷風『濹東綺譚』／湯本香樹実『岸辺の旅』

夏場の江戸の人気もの
過去を呼返す無言の芸術家

「あなた。白玉なら食べるんでしょう。今日はわたしがおごるわ」「よく覚えているなア。そんな事……」。永井荷風『濹東綺譚』に私娼の「お雪」と「わたくし」がこんなふうに話しながら氷白玉を食べる場面がある。

客の嗜好《しこう》を覚えていることに「実があるでしょう。だからもう、そこら中浮気するの、お止《よ》しなさい」とお雪が言うと、「わたくし」が「白玉が咽喉《のど》へつかえるよ。食べる中だけ仲好くしようや」と応える。二人は客と遊女を少し超えた関係だ。

白玉はもち米粉を水でさらし、精白乾燥させたものを水でこねて団子状に丸め、熱湯に入れて浮き上がったものを冷水で冷やす。白玉は夏場の江戸庶民の人気もの。白玉を食べる江戸の女性を描いた歌川国芳の団扇絵《うちわえ》が林綾野『浮世絵に見る江戸の食卓』の表紙に使われている。

『濹東綺譚』は昭和十年代初めごろの梅雨明けから秋の彼岸までの物語。お雪は「過去を呼返す力において は一層巧妙なる無言の芸術家」と記されている。荷風は明治以降の薄っぺらな近代を嫌い、それに背を向けて、消え去っていく江戸情緒の残る世界を愛した。

暑い季節を舞台にした同作に登場する女性に「お雪」の名を付けたのも、すぐに消え去っていく江戸情緒への思いが託されているのだろう。お雪・白玉の組み合わせ。江戸で人気だった白玉は過去を呼返す芸術家・お雪にぴったりの食べ物だ。

もう一つ、白玉が重要な役割で出てくる小説に湯本香樹実《かずみ》『岸辺の旅』がある。その冒頭、瑞希《みずき》が「黒胡麻《くろごま》に砂糖を混ぜ合わせて餡《あん》をこしらえ、さてこれをしらたまでくるもうと思って」いると、薄暗がりの奥に、長い間、失踪していた夫・優介が立っている。「しらたま」は彼の好物だった。

「俺の体は、とうに海の底で蟹に喰《く》われてしまった」と優介が言う。そうやって瑞希が優介と死者の世界、冥界を旅する物語だ。しらたまは結末部にも出てきて「優介と私のたましいがここにある」とも記されている。「たましい」の言葉は冒頭部にも出てきていた。

日本語の「玉」は「霊《たま》・魂《たま》」と同じで、玉は霊がそこに現れる憑代《よりしろ》と考えられていた。『岸辺の旅』の「しらたま」は愛する夫の「たましい」を呼び返す憑代なのだろう。

『濹東綺譚』にも『岸辺の旅』にも、淡く消えていきそうだが、いつまでも記憶に残る食べ物として白玉はある。

鰻――茂吉の鰻短歌

それを私にちょうだい
仕事の原動力の一つ

鰻《うなぎ》好きの文学者は多い。その鰻好きの文学者の中でも、誰もが最初に指を屈するのは歌人の斎藤茂吉だ。嵐山光三郎『文人悪食』でも茂吉の鰻好きが活写されている。

長男の斎藤茂太と茂太夫人の縁談がまとまり、東京の鰻屋で両家の顔合わせがあった。茂太夫人が緊張で鰻を食べ残すと、「それを私にちょうだい」と茂吉は言って、食べてしまったという。

「ゆうぐれし机のまへにひとり居りて鰻を食ふは楽《たぬ》しかりけり」。昭和二（一九二七）年十二月五日、歌誌「アララギ」のためなどの原稿を書いた日の夕食に食べた鰻を詠んだ有名な歌だ。同年五月一日には次男で、後の北杜夫が誕生している。

茂吉が食べた鰻の数を調べた林谷廣『文献　茂吉と鰻』によると、茂吉は「アララギ」大正十五年五月号から編集発行人となり、精神的身体的な難渋克服のために鰻をたくさん食べるようになったようだ。昭和三年には六十八回も鰻を食べた。同書序文で茂太は、鰻は「父の仕事の原動力の一つであった」と書いている。

夏の土用の丑《うし》の日に鰻を食べる風習は平賀源内か大田南畝が、鰻屋のために知恵を貸したとかに始

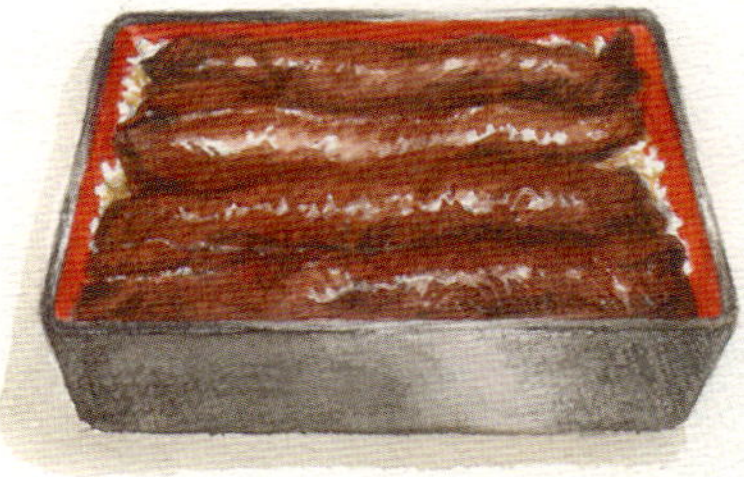

まる。『万葉集』にも「石麿にわれ物申す夏痩に良しといふ物ぞ鰻《むなぎ》漁《と》り食《め》せ」との大伴家持の歌があり、日本人は鰻の栄養を昔から知っていた。

だが鈴木晋一『たべもの噺《ばなし》』などによれば、昔の鰻はまだおいしい食べ物ではなかった。丸のまま口より尾まで竹串にさして焼き、それが蒲《がま》の穂に似て蒲《かば》焼きの名がある。

今の蒲焼きの完成は江戸時代。鰻を割いて骨を除き、醤油とみりんのたれを付けて焼く。開いた鰻を素《しら》焼きにし、たれを付けて焼くのが関西風。素焼きを一度蒸し、付け焼きにするのが江戸で工夫された東京風の焼き方だ。

関西は腹から開き、関東は背から開くが、武士の切腹の連想を避ける縁起かつぎから、江戸で背開きに変わったようだ。

『文人悪食』でも紹介されている茂吉らしい逸話をもう一つ。茂吉は「アララギ」の選歌の際の夕食にもよく鰻を食べた。弟子は一番大きいのを茂吉に提供したが、茂吉は皆の蒲焼きの大小を鑑定して「君そっちの方が大きいから」と取り換えてもらったあげく、「やっぱりこの方が大きいから」と最初の蒲焼きに戻るのが常だった。

冷奴——安岡章太郎『酒屋へ三里、豆腐屋へ二里』

再生の水と豆腐のおいしさ
戦争中、飛行機の材料に

安岡章太郎の短編集『酒屋へ三里、豆腐屋へ二里』の表題作に「毎朝、豆腐ばかり食うようになった」「やはり生のまま冷奴《ひややっこ》で食うのが一番いい」と書かれている。

同短編集を雑誌連載中の一九八六年末から、安岡は胆のうと心筋梗塞で半年間入院、手術を受けた。退院後も安岡は自宅近くの多摩川べりをよく散歩する。コースの一つが等々力渓谷。歩くうちに小川が深山の渓流の趣きとなり、右岸の崖の中腹から湧水が細い滝になっている。「とどろき」の名は水量が豊かな時代の滝の音からのようだ。

渓谷の崖上に近い路地に豆腐屋があり、その「豆腐は渓谷の湧き水の水質がいいせいか、食ってみるとなかなか旨《うま》かった」。安岡は兵隊時代、満州にいたが、中国の豆腐は油臭かった。「私は、この満州の豆腐の油臭さは何となく水質のせいもありそうに思う」とある。

「料理をしないことこそ、料理の理想である」。日本料理はそんな逆説的な料理観に支えられているとの考えを、石毛直道は『日本の食文化史』に書いている。この料理観は冷奴にも当てはまる。「豆腐の成分の大部分が水であるので、よい水が得られるところで、うまい豆腐が生産される」とも石毛は

記している。
「冷奴」の名は奴さんの着物の四角い菱形紋から。そこから四角に切った豆腐を「奴豆腐」と言い、それを冷やしたものを「冷奴」と言う。
この日本の豆腐、実は戦争中に意外な変化を強いられている。凝固剤の「にがり」は塩化マグネシウムが主成分。第二次世界大戦中に、にがりに含まれるマグネシウムが飛行機材料のジュラルミンの原料として、軍需用に統制され、澄まし粉（硫酸カルシウム、石膏）を使用するようになった。硫酸カルシウムで凝固させた豆腐は保水性がよく、舌ざわりも滑らかで、戦後も定着した。だが最近では自然志向やグルメ志向から、再びにがりの使用が増えている。
安岡の短編集は当初「眩暈語録」という連載だった。大病後、連載再開にあたり「短篇小説を書く心持になってきた」とあとがきにある。刊行時に題名を『酒屋へ三里、豆腐屋へ二里』に改めたのだ。渓谷から湧き出す水の質のよさ、それでつくられる豆腐のおいしさ。それは自己再生の願いが込められた味だったのだろう。そういえば「酒」もまた「水」が大切な飲みものである。

ビール——田山花袋『田舎教師』

関係円滑化から気分転換へ
サラッと淡白な味に

「とりあえずビール！」。夏ばかりでなく、酒を飲む場所で、いま一年中、その言葉が聞かれる。このビール、明治以来多くの文学に登場。中でも日本自然主義文学の代表作、田山花袋『田舎教師』には繰り返しビールを飲む場面が出てくる。

埼玉県羽生地方の小学校へ赴任した新任教師の林清三が下宿先の寺に移った明治三十四（一九〇一）年六月一日に夕食会が開かれ、寺僧が「ビイルを二本奢《おご》って三人して団欒《だんらん》して食った」とあるし、校長らと講習会に参加後、湯屋に立ち寄ると、校長が「私が一つビールを奢りましょう。たまには愉快に話すのも好うござんすから」と言っている。

「団欒して」「愉快に話す」とあるように、この時代、人間関係を円滑にするコミュニケーションツールとしてビールがあったのだ。

ビール発祥は数千年前の古代オリエント。日本では、黒船来航の際にペリー提督から幕府にビールらしき酒が献上され、停泊中の艦隊の水兵が日本漁師にビールを勧め、勇気をふるって飲んだ若者が「これは苦い」と言ったそうだ。日本庶民の初ビール体験として橋本直樹『ビール・イノベーション』

が記している。

明治期になると、続々ビール工場が誕生。明治二十年ごろには近代的工場を持つ会社が発足。さらに大正三（一九一四）年に第一次世界大戦が起き、ビール造り指導のドイツ人技師が帰国してしまった。ビールは麦芽、ホップ、水が原料だが、日本では明治三十七年の法律で米を原料に加えることが許されていた。さらに昭和十五年には米以外にトウモロコシやデンプンなどの副原料も認められた。

戦時下の節米、節麦の一環だが、ビールの味は淡白なものになった。終戦で原料事情は好転し、戦前のような濃いビールの製造も可能になったが「もはや戦前のようなタイプのビールは復活しなかった。サラッとした淡白なビールが主流となった」とキリンビール編『ビールと日本人』にある。

日本でも麦芽だけのプレミアムタイプも発売され、ヒット銘柄もあるが、全体的には日本のビールは淡白で軽快な味に移行し「とりあえずビール！」と気分転換に適した飲料となっているようだ。

さて、ビールをよく奢られる清三だが、当時料理屋のビールは一本二十五銭ぐらい。清三の月給は十一円。仕出し弁当が四銭の時代、ビールはかなり高い飲み物だった。

佃煮――出久根達郎『逢わばや見ばや　完結編』

「土地の縁」感じるにおい
高い浸透圧で長期保存可能

日本文芸家協会の理事長も務める出久根達郎の長編自伝小説の一つに『逢わばや見ばや　完結編』がある。

出久根は昭和三十四（一九五九）年、中学卒業後、上京し、東京・月島の古書店員となる。その月島の隣にある佃島《つくだじま》は佃煮発祥の地。佃島の客に本を届けにいくと、佃煮のにおいが色濃く流れていた。「初めてこのにおいを聞いた時、なつかしいような気がした。田舎で嗅《か》いだことがある」と思う。

出久根の生まれは茨城県の霞ケ浦と北浦に挟まれた半農半漁の村。村の人は北浦のワカサギや川エビなどをとり、佃煮の材料として佃島に納めていた。それと引き換えに佃煮の製法が村に伝えられていたのだ。自分が月島に十四年も居たのは「ふるさとの肌合いを感じていたからだろう」と同書に出久根は記している。

天正十八（一五九〇）年、徳川家康が江戸に入った際、江戸城の魚をまかなうため、摂津国（大阪府）佃村の漁師たちを日本橋に移住させて、シラウオ・アナゴ・小エビなどの漁業権を与えた。

さらに幕府は鉄砲洲東の干潟を与え、家光の時代に造成がなって漁民が移住。その際、故郷佃村に

ちなみ佃島と名づけた。佃島の漁師が将軍家に献上した魚の余りの雑魚を塩煮して売ると評判になった。これが佃煮の祖型だ。後に醤油、砂糖、水あめ、糖蜜などを入れる調味法となった。

佃煮は保存がきくため、大名や武士が江戸土産として国に持ち帰り、全国に広がっていった。小泉武夫『食と日本人の知恵』によると、長期保存が可能なのは、濃く煮詰めるため、佃煮の浸透圧が高く、微生物が入る余地がないからだという。

出久根は独立し、高円寺に古書店の芳雅堂書店を開く。高円寺に移ったころ「駅前の商店街の裏に、小さな佃煮屋さんがあった」。それは「佃島の佃煮屋さん同様、量り売りの店であった」。その量り売りの佃煮屋に、出久根は月島に似た下町風のものを感じる。肌に合うものを感じるのだ。

後に調べると、高円寺は関東大震災で被災した深川辺りの人が移り住んだ新興の町。月島に似て、商店や人情が下町風なのも道理だった。出久根にとって、そんな「土地の縁」を感じさせるにおいを佃煮は持っている。

アサリ、昆布、シラウオ、ワカサギ、アミ、小エビ……。材料を限定しないため、いま各地の特産品を佃煮にして名物となっている。

鮨——志賀直哉「小僧の神様」

いろんな意識行き交う鮨屋
肉類と同じように脂肪好む

志賀直哉「小僧《こぞう》の神様」は、後に志賀が「小説の神様」と呼ばれるもとにもなった短編だ。その中心に鮨《すし》が出てくる。

若き貴族院議員のAが議員仲間のBから教わった屋台の鮨屋に行くと、十三、四の小僧が入ってきて「鮪《まぐろ》の鮨の一つを摘《つま》んだ」が、鮨屋の主から「一つ六銭だよ」と言われて「黙ってその鮨をまた台の上に」置き、屋台を出ていく。小僧は四銭しか持っていなかったのだ。その後、Aは「どうかしてやりたいような気がしたよ」とBに話す。

そしてAは偶然訪れた、はかり屋で、その小僧の仙吉を見かけ、仙吉を連れ出して鮨屋でたらふく鮨を食べられるようにしてやる。そんな善行をなしたAなのだが「変に淋《さび》しい気」がする。Aは繊細で優しい自意識の人だ。

鮨の食通談議が盛んだが、同作冒頭近くにもこんな会話がある。「そろそろお前の好きな鮪の脂身《あぶらみ》が食べられるころだネ」「ええ」。この番頭たちの会話を仙吉が聞き、「そんな通《つう》らしい口をききながら、勝手にそういう家の暖簾《のれん》をくぐる身分になりたい」と思うのだ。

金のあるなし。知識のあるなし。身分の差……。いろんな意識が行き交うのが鮨屋なのだろう。

さて仙吉が食べようとした鮪は江戸時代、下魚《げざかな》だった。重金敦之『すし屋の常識・非常識』によると、鮪の脂身は「下品」とされてきた。だが「小僧の神様」にあるように、大正時代からは次第に脂身がもてはやされてきた。冷凍技術の進歩で脂身も長期保存が可能になったのと「日本人の嗜好《しこう》が、西洋料理の影響を受け肉類と同じように脂肪を含む食品を好むように変わってきた」からだ。

仙吉が鮨をたらふく食べたのは「与兵衛の息子」が出した店という設定。「与兵衛」とは文政年間（一八一八～三一年）に江戸前のにぎり鮨を創始した店。「小僧の神様」は大正八（一九一九）年末の作品だが、「与兵衛」は、関東大震災後の昭和五（一九三〇）年に閉店。一方、震災で東京の鮨職人が大勢関西に移住し、関西で江戸前のにぎり鮨が流行することになった。

「小僧の神様」であるAが帰宅して「変に淋しい気持になった」と夫人に話すと、夫人が「ええ、そのお気持わかるわ」と言う。さらに「小僧はきっと大喜びでしたわ」「私でも頂きたいわ」とも。人の心が分かり、自意識のない素直な明るさを持つ夫人が「Aの神様」なのだろう。

心太——泉鏡花『縷紅新草』

最後の作品に三度も登場
奈良時代からある食べ物

『縷紅新草《るこうしんそう》』は泉鏡花が昭和十四（一九三九）年九月に死ぬ、その二カ月前に発表された最後の作品だ。故郷の金沢を舞台に鏡花を思わせる老人・辻町糸七が、二年前に亡くなったいとこ・お京の娘、お米と寺に墓参りに行く話。三島由紀夫が「神仙の作品」と絶讃した小説だが、若いころの自分を回想する場面に、心太《ところてん》のことが三度も出てくる。

かつて辻町が金沢で生活に窮して自殺しかけた夜に、ハンカチ工場の女性工員・初路が投身自殺をする。初路は刺繍の名人で、つがいのトンボを縫い取りしたものが海外でも評判となるが、他の女性工員のねたみでいじめられて死んでしまう。

初路は死に、自分は死に損なったと思う辻町が、その年のある夜、墓参りに行くとお京にばったりと出会う。三十年ほど前のことだ。お京は和尚が冷やして置いた「紫陽花《あじさい》の影の映る、青い心太をつるつる突出して、芥子《からし》を利かして、冷い涙を流しながら」たくさんの墓灯籠と初路らの精霊の幻を見ていたと言うのだ。

お京は寺の台所で勝手に心太を突くような権利を持っていたようだし、初路をいじめる場面に居合

わせたら、その工員の顔に「酢ながら心太を打《ぶ》ちまけた」であろうと鏡花は書いている。そのお京と初路への墓参りに、お米と来たのだ。

鈴木晋一『たべもの噺《ばなし》』によると、奈良時代の記録で東大寺写経所の職員へ、七、八月に心太が給食されているし、室町末期の絵巻には今と同じ箱筒型の心太突きの絵が描かれている。心太を「ところてん」と呼ぶようになったのは江戸初期。「こころぶと」が「こころてい」となり「ところてん」となったという。

鏡花自身も心太売りの声が好きで「寸情風土記」に「真夏、日盛りの炎天を、門天心太《もんてんこころぶと》と売る声きわめてよし」とある。

それにしても、亡くなる直前の作品に三度も心太《ところてん》が出てくるのが気になる。今でも岩手県の遠野地方では、お盆の時にはお墓に四角く切った心太を供える。それは仏様が映る「鏡」だという。『遠野物語』で著名な柳田国男と鏡花は大変親しかったので、柳田からそんな話を聞いたこともあったのだろうか……。

他の土地にも似たような風習があるようだし、それが反映した心太の登場だろうか。金沢にはそのような風習はないそうだが、心太が「鏡」だとすれば、鏡花の名に重なる言葉なので、ちょっと気になるのだ。

ナポリタン――本谷有希子『異類婚姻譚』／三浦しをん『まほろ駅前狂騒曲』

名前と実体のズレ 独特な麺の軟らかさ

「ナポリタン」はイタリアにはない日本の創作パスタ料理だ。名前と実体のズレ。そのギャップが味わい深いのか、現代小説にも、ときどき顔を出す。二〇一六年一月の芥川賞受賞作、本谷有希子『異類婚姻譚』もその一つ。

同じマンションで猫を飼う六十代のキタヱさんに元気がなく、専業主婦のサンちゃんが喫茶店に誘うと、キタヱさんが突然「ナポリタン、食べたくなっちゃった」と言う。

このあたりから少しずつ現実とのズレが明らかになってくる。キタヱさんは猫の「粗相がね、やっぱり直らなくて」と話し出し、粉チーズが大雪でも積もった後のようにかかったナポリタンを前に「それで、山なら、って話に」と明かすのだ。

その時、サンちゃんは、飼い猫は「やっぱり山じゃ生きていけないいんじゃないですか」と言いかけたが、「なぜか直前で唇の形が崩れ出し、私も今度ナポリタンにしてみます」と言ってしまったようだ。物語の最後、今度はサンちゃんが夫を山に捨てに行くという展開。このナポリタンは現実とのズレを象徴するような食べ物になっている。

三浦しをんの人気シリーズの一冊『まほろ駅前狂騒曲』に出てくる喫茶店アポロンのメニューにもナポリタンがある。主役の一人、行天は「スパゲティを器用にフォークに巻きつけ、口のまわりをケチャップで盛大に汚しながら、うまそうにナポリタンを食べていた」。

舞台の「まほろ市は東京の南西部に、神奈川へ突きだすような形で存在」して「まほろ市民はどっちつかずだ」という町。ナポリタンはまほろ市にぴったりの「どっちつかず」の食べ物なのだ。

このナポリタンは戦後まもなく、横浜のホテルニューグランドの入江茂忠総料理長によって誕生したといわれている。ホテルを接収した進駐軍のために入江が工夫して作ったのがナポリタンだ。渋川祐子『ニッポン定番メニュー事始め』によると、入江の功績にナポリタンの麺のあの軟らかさがある。七割ゆでたパスタを数時間置き、湯通しして使ったので、うどんを食べる日本人にはなじみ深い食感となった。

最後に油で炒めるのも、麺を炒めて最後に醤油を入れる焼きうどんと似ている。ナポリタンは「洋風焼うどん」だと渋川は記す。この指摘に妙に納得。「洋風焼うどん」なら、和洋折衷、どっちつかず、ズレを内包した料理ナポリタンの味もよく分かる。

鰯——高井有一『半日の放浪』

割勘がよく似合う大衆魚
大群となって集団的行動

高井有一『半日の放浪』の私は自分の家を建て直し、息子一家と暮らすことになった。自分が建てた家での最後の日の昼飯で、私は銀座の「鰯料理《いわし》」の店に入り、鰯の南蛮揚げ定食を注文する。近くの席では職種の違う六十代ぐらいの男三人が酒を飲み、話をしている。「肥《ふと》った男」は新聞社の元政治部長らしい。同級生らしき者。その二人から鈴木と呼ばれる男だ。

鈴木に鰯の「生姜煮《しょうがに》」を土産に持たせようとしている肥った男は、店の女主人に鈴木のことを「この人はね、奥さんに死なれて独り暮しなんだ」「若い頃は一ばん出世が早かったんだ」と話す。

店を出た私はこんなことを思う。肥った元政治部長は土産を持たせ、勘定も払ってやったろうが「もっての外だ、三人の仲間のうち、一人が落魄《らくはく》していたら必ず割勘にしなくてはいけない」と思う。人の関係の中に上下関係を持ち込む言葉に、私は敏感な人間なのだ。

私は四年前の六十歳の誕生日に勤務先の会社を定年となった。その日のこと、組織の中で生きていたときのこと、定年後、組織から離れての生活のことが、自分の家の建て直しと重なっていく……。

鰯の名はヨワシ（弱）からとの説がある。大魚の餌となる弱い鰯は大群となって集団的に行動して身

を守る。だが群れから離れた瞬間に他の魚に襲われてしまう。鰯料理店から始まる『半日の放浪』を読むと、組織の中で生きる会社員と鰯の集団性が重なってくる。

また鰯はイヤシ（賤し）からとの語源説もある。つまり昔は身分高い人は食べない下魚だった。

でも紫式部は鰯好きだったとか。夫の外出時に鰯を焼いて食べたが、部屋のにおいで露見。「いやしい魚を」と夫に言われたが「日の本にはやらせ給ふいはしみづまゐらぬ人もあらじとぞおもふ」（日本一と評判の石清水八幡宮にお参りしない人がいないように、鰯を食べない人はいないと思う）との歌で返したという。できすぎの話。和泉式部にも似たような話がある。きっと鰯好きの貴人もいたのだろう。

『半日の放浪』には「割勘」がもう一度登場。「私のサラリーマン生活のなかで、殆《ほとん》ど唯一の生身の関係であった」曾我という部下と最初に飲み屋へ行くと「今日は割勘にしませんか」と曾我が言うのだ。大衆魚の筆頭である鰯。大衆的とは上下関係もなく平等ということでもある。鰯には割勘がよく似合う。

トンカツ――太宰治『グッド・バイ』／芥川龍之介「文芸的な、余りに文芸的な」

天ぷらのように揚げる見事に日本風に消化

「ここ、何か、自慢の料理でもあるの?」「そうだな、トンカツが自慢らしいよ」。太宰治の昭和二十三（一九四八）年の自死によって永遠に中断した『グッド・バイ』に、主人公・田島がキヌ子と闇の料理屋で、そんな会話をする場面がある。

田島は雑誌編集長だが、裏で闇商売にかかわり、妻がありながら愛人は十人近くもいるらしい。でもそろそろ女たちとも上手に別れる気でいる。

そんな時、キヌ子とばったり出会う。闇物資のかつぎ屋の彼女は「やせた女ではあるが、十貫は楽に背負う」怪力の持主。普段モンペにゴム長姿の彼女がすごい美人に変身していた。田島はキヌ子を疎開中の妻に仕立て、愛人と別れていく……。

千二百年間の肉食の禁をといて、明治五（一八七二）年に天皇が肉食をする。日本を近代化する際、肉食を促して日本人の体位を向上させるという富国強兵策だった。

岡田哲『明治洋食事始め　とんかつの誕生』などによると、明治五年の料理書に豚肉のソテー式カツレツ料理の紹介があるが、牛肉に比べ、豚肉はイノシシ肉に近く、文明開化的ではないために敬遠

されていたようだ。だが日清日露の戦争で牛肉が兵士に送られたため、豚肉消費が拡大して、ポークカツレツも明治四十年ごろから流行。大正期に庶民に普及していった。

トンカツ、鶏のコロッケ、マグロの刺し身、ウナギ、よせなべ……。『グッド・バイ』のキヌ子は料理屋で食べに食べる。その美人で大食いのキヌ子が最初に食べるのがトンカツ。体位向上の肉食料理が怪力女によく似合う。

トンカツ定番の刻みキャベツは明治二十八年に銀座で開店した煉《れん》瓦《が》亭《てい》の木田元次郎の考案。西洋のカツレツは少しの油で炒め焼きにするソテー式。これを天ぷらのように、たっぷりの油で揚げる方式に木田は工夫した。

その後も箸で食べられるように「切る」など、トンカツにはいくつもの工夫が加えられている。

芥川龍之介が昭和二年に自死する直前まで書いた「文芸的な、余りに文芸的な」で、模倣に長じた日本人を西洋人は軽蔑しているが、西洋人の油絵も浮世絵を模倣していることなどを指摘。彼らはそれを模倣ではなく、消化というかもしれないが「僕等は往来の露店に言葉通り豚《とん》カツを消化している」と書いた。トンカツは西洋料理を日本風に見事に消化し、食べている料理の代表ということなのだろう。

餃子――絲山秋子『ばかもの』

欲望を加速する
引き揚げ者が戦後広める

絲山秋子の長編『ばかもの』は、群馬県高崎市で学生生活を送るヒデと年上の額子との恋愛物語。その冒頭に餃子のことが繰り返し出てくる。

物語は二人の性の交わりの場面から。食が細い額子に「がつんといこうと思って」ヒデは餃子弁当を買ってきたが「いらねーよ」と額子は言う。行為後、ヒデが「額子うまいよ、食うか?」と聞いても、額子は「……いらねー」と言うばかりだ。

なぜ額子が餃子を「いらねー」のかを考える前に、餃子の歴史を少し記そう。中国発祥の餃子の日本への初紹介は江戸前期。水戸の徳川光圀が師事した儒学者・朱舜水によってだ。「水戸黄門」の「助さん、格さん」の格さんのモデル安積覚の『舜水朱氏談綺』に餃子のことが出てくる。だがこれ以降、明治大正期も餃子が日本ではよく食べられたことはなかった。

古川緑波の食談エッセイ「ああ東京は食い倒れ」に「先ず、戦後はじめて、東京に出来た店に、ギョーザ屋がある」と書かれているように、餃子が日本で広まるのは敗戦後のこと。満州からの引き揚げ者が、その地で食べた餃子の味が忘れられず作ったのが、日本庶民に受け入れられたのだ。

そして中国では水餃子や蒸し餃子が主だが、日本は焼き餃子が中心となった。『餃子の探求』という本によると、水餃子は戦時中の代用食「すいとん」に見た目が似ていて、不評だったという。

戦後、豚肉が高価な時期に老羊の肉を使ったこともあり、その臭いを消すためにニンニクが加えられ、餃子にスタミナ食のイメージもできた。

さて、そこから額子の餃子「いらねー」を考えてみたい。絲山は同作刊行時（二〇〇八年）の対談で、作品の出発点は「餃子です」と答え、男女がセックスをする時に「考えているのが餃子のことだったらいやだなと思って」と語っている。

額子と別れたヒデはアルコール依存症となり、額子も事故で片腕を失うが、時を経て、二人は再会する。その時、ヒデは額子という人間を心から受けとめて接する男に成長している。行き場のない人間に、ふと訪れる静かな落ち着きの時を描ける絲山秋子らしい愛の物語だ。

つまり餃子は心や愛ではなく、欲望を加速する食べ物として同作にはあるのだろう。でも男女の関係。性欲、食欲だけではいやだなということではないだろうか。

秋刀魚――佐藤春夫「秋刀魚の歌」

戻ることない世界への思い
王朝文学の美意識

「あはれ／秋風よ／情《こころ》あらば伝へてよ／――男ありて／今日の夕餉《ゆふげ》に　ひとり／さんまを食《くら》ひて／思ひにふける　と。」

秋刀魚《さんま》を文学上、不朽のものとしたのは、この佐藤春夫の「秋刀魚の歌」である。失恋詩の舞台は神奈川県小田原の谷崎潤一郎宅。その時代の谷崎は大正九（一九二〇）年春に横浜で旗揚げされた映画会社の脚本部顧問として活躍していた。

谷崎は東京・向島の料理屋のおかみに求婚して断られ、妹・千代と結婚したが、千代の妹・せいをひそかに愛人とし、映画出演させるなどしていた。

千代を気の毒に思う佐藤は谷崎の承認の下で、千代と恋を育んでいくのだが、せいに結婚を拒まれたことから谷崎が翻意。千代もそれに従わざるを得なくなってしまうのだ。佐藤にとっては違約であり、谷崎夫妻と絶交に至る……という経過。

「さんま、さんま、／そが上に青き蜜柑《みかん》の酸《す》をしたたらせて／さんまを食《く》ふはその男がふる里のならひなり。／そのならひをあやしみなつかしみて女は／いくたびか青き蜜柑をもぎて夕餉にむかひけむ」。

この秋刀魚を交えた佐藤と千代の遣り取りは谷崎家でのことである。『佐藤春夫読本』によると、港に秋刀魚があがり、庭に蜜柑の実る秋の小田原は海と山とがせめぎ合う地形など、佐藤の故郷、和歌山県新宮をほうふつとさせた。会えない人妻への思い、少年時代の古里の思い出。もう戻ることのない世界への思いが重なった絶唱だ。

　秋刀魚の名は細長い形の狭真魚《さまな》の転化との説がある。秋刀魚は北の海で餌を食べた後、秋、産卵のため北海道から三陸、銚子沖と南下。さらに熊野灘を通過して九州沖に達する。特に三陸から九十九里沖の秋刀魚は二〇％も脂がのっている。

　末広恭雄は『魚の博物事典』に「したたり落ちた脂が燃えて炭のように真黒になるサンマ」に「さんま苦いか塩つぱいか」とうたった佐藤の思いを重ねている。

　詩は続けて「そが上に熱き涙をしたたらせて／さんまを食《く》ふはいづこの里のならひぞや。／あはれ／げにそは問はまほしくをかし。」で終わる。

「あはれ」で始まり「をかし」で終わるこの詩は王朝文学の美意識も持っている。それは違約した谷崎へ放たれた鋭い矢でもあった。谷崎の「細君譲渡事件」として知られる、千代と佐藤との結婚が実現するのは十年後の昭和五（一九三〇）年のことである。

鰹節——宮尾登美子『櫂』

一番心配したうどんのだし
戦争の際の携行食

宮尾登美子の出世作で太宰治賞を受けた『櫂《かい》』は大正から昭和戦前の高知が舞台。主人公・喜和が十五歳で嫁いだ岩伍は芸妓《げいぎ》紹介業を始め、家を顧みない。物語の最終盤、喜和が岩伍と離縁し、継子の綾子と二人で暮らし始める時、心に張りを持って暮らすため、食べ物屋を始めることにする。

居抜きで買った食堂「八幡屋」で「喜和が一番心配したのはうどんのだしの取りかたであった」とある。創業五十年以上の同店では「削った鰹節《かつおぶし》と昆布を分量に配し」て煮出していた。それにも喜和は「じき馴《な》れ、長三角に縫った大きな白木綿の袋へ鰹節を詰めて一人でやれるようになった」。

もちろん宮尾の出身地・高知は鰹節の本場だ。『櫂』で、まず「うどんのだし」のことが書いてあるのは、宮尾の夫の祖先と関係があるかもしれない。宮尾と料理人・辻嘉一の対談本『大人の味』の冒頭の話は「土佐と私、鰹節、お出汁《だし》」。そこで（夫の）「宮尾の先祖は鰹節屋です」と語っている。さらに「ほんとうに鰹節と昆布の出汁はもう最高でございますものね」とも加えている。

鰹節のうま味はイノシン酸。昆布はグルタミン酸。小泉武夫『食と日本人の知恵』によると、鰹節と昆布は不思議なほど、互いに相乗しあって味を高める。二つの出汁の強さを一対一で合わせると、

七・五にも味の強さが伸びるという。

宮内泰介・藤林泰『かつお節と日本人』によれば、鰹節の原型は古くからあったが、今と同様なものが作られるのは十七世紀の終わりごろの土佐（高知）。紀州（和歌山）から出稼ぎ出漁していた角屋甚太郎が土佐に定着し、息子の二代目甚太郎らが改良土佐節（鰹節）を開発したという。

鰹節は勝男武士《かつおぶし》の語呂合わせもあるように、戦争時の携行食に用いられることもあった。山本高一『鰹節考』によれば、戦国大名の北条氏綱が戦の門出には必ず鰹節を戦士への引き出物にしたという。「是を噛《かま》ば性気を助け気分を増」と記した書もあって、食べる強壮剤だった。日清日露戦争時も軍の携行食として認知されている。日露戦争では鰹節のつくだ煮が大量に戦地に送られている。

『櫂』の喜和は「朝、目が醒《さ》めると飯に向う暇もなくうどんのだし取り」を始める。喜和という女性が生きていく、その人生の闘いも鰹節の出汁の匂いに包まれて、毎日が始まっている。

アイスクリーム――夏目漱石『こころ』

ハイカラ象徴する食べ物
先生と私で近代日本を描く

夏目漱石『こころ』の「私」が大学を卒業すると「先生」が家に招いてごちそうしてくれる場面がある。暑くて食欲がない私のために、先生の奥さんが料理の後に「改めてアイスクリームと水菓子」を出してくれて、「これは宅《うち》で拵《こしら》えたのよ」と言う。私は「それを二杯更《か》えて貰《もら》った」のだ。

卒業祝いが暑い季節に行われているのは、当時の大学の卒業式が七月だったから。このアイスクリーム、漱石は個人的にも大好物だった。河内一郎『漱石、ジャムを舐《な》める』によると、初めてアイスクリームを食べたのはロンドン留学中と思われるが、晩年、特に持病の胃病で入院中に、鏡子夫人の手から舐めさせてもらったようである。

明治四十三（一九一〇）年八月、療養先の修善寺温泉で大吐血する「修善寺の大患」の際にもアイスクリームを食べている。

「思い出す事など」によれば、漱石は「氷《アイス》クリームを一杯」食べたが「咽喉を越すとき一旦溶けたものが、胃の中で再び固まった様に妙に落ち付が悪かった」。それから約三時間後に、八百グラムもの吐血が起き「余は、実に三十分の長い間死んでいたのであった」。

その臨死体験を経た晩年の漱石が胃潰瘍の発作に苦しみながら、死と青春の恋愛をテーマに書いた作品が大正三（一九一四）年の『こころ』だ。

アイスクリームは十六世紀にイタリアで創作された氷菓子。初めて食べた日本人は記録では万延元（一八六〇）年の遣米使節団で、米国政府の歓迎レセプション席上だった。

『こころ』の冒頭、私と先生が鎌倉で出会う直前の場面に、私の「宿は鎌倉でも辺鄙《へんぴ》な方角にあった。玉突だのアイスクリームだのというハイカラなものには長い畷《なわて》を一つ越さなければ手が届かなかった」と書かれている。一方、先生の旅館は「別荘のような建物」。

鎌倉は明治末、首都圏からの観光地、別荘地。田舎出身学生の私が泊まる宿と、別荘のような宿に泊まる先生のハイカラな鎌倉とは「長い畷（たんぼ道）」で隔てられていて、それを越えていかなくてはならないのだ。

アイスクリームは鹿鳴館の落成祝宴の際にも出された、明治維新のハイカラを象徴する食べ物。

故郷の両親と、ハイカラな先生との間を往復する私を通して、漱石が近代日本人を描こうとした作品であることを象徴的に表しているのが、このアイスクリームなのだろう。

辛子明太子——夏樹静子『殺意』

新幹線で全国へ広がった味
韓国語由来の名前

二〇一六年春に亡くなった夏樹静子の推理小説『殺意』の冒頭、うつ症状を訴え、福岡市の神経科クリニックを三十一歳の主婦・白水絹江《しろうずきぬえ》が訪れる。二十七歳の心理士・藤波進が予診の際「昼間お宅には、あなたのほかに……」と質問すると、彼女は「いいえ、みんな店のほうへ」と答える。

さらに「お店というと、何のご商売?」と聞くと、絹江は「明太《めんたい》を扱ってます」と言うのだ。彼女は老舗明太業者の若奥さんだった。その絹江が離婚して、話が動きだすという展開だ。

明太はもともと朝鮮の食べ物。絹江の家は昭和二十年代の終わりごろからの店という設定。絹江によると「北海道や韓国でとれるスケソーダラの子を塩漬けしたものを、冷凍貨車で運んでくるんです。それを、うちの工場で、唐辛子と調味料で漬けこむんです。それが明太」「辛子《からし》に漬けこむのは、二日から四日間くらい。それもタラコの質でちがう」など、よく取材した上で、物語を進めていく夏樹らしい記述だ。

今西一・中谷三男『明太子開発史』によると、スケトウダラの韓国語のミョンテ（明太）が日本語風に「メンタイ」と発音されるようになるのは明治後期。明治時代から韓国釜山で生産された辛子明太

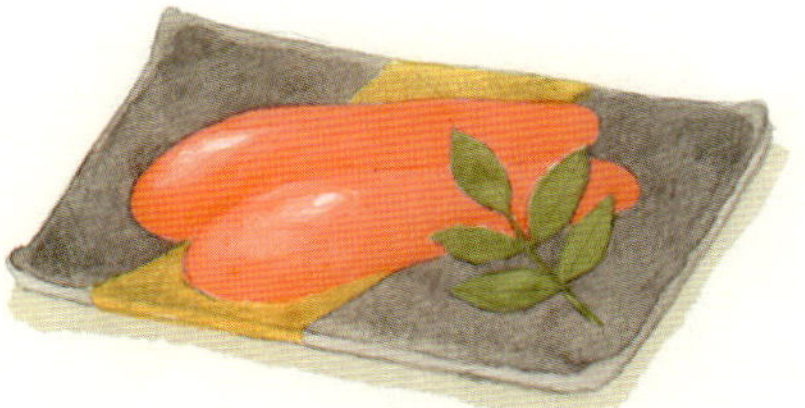

子が下関などに入ってきていたが、戦後、調味液に漬ける辛子明太子が、福岡の業者「ふくや」の川原俊夫によって開発された。川原は釜山生まれで、韓国で明太子の味を知っていたのだ。

辛子明太子の味が広まっていくには、一九七五年の山陽新幹線の延伸が大きい。『殺意』にも「福岡の名産品だが、山陽新幹線が開通した頃から、全国的に出廻ってきているようだ」とある。小菅桂子『近代日本食文化年表』の同年の項にも「山陽新幹線の博多乗り入れによって『めんたいこ』が全国区に」とあって、博多から新幹線で移動する人の土産品として、その味が広がっていった。

『殺意』は一九八三年の作品。福岡在住の夏樹にとって、全国的に認知されていく辛子明太子の老舗店の奥さんは、小説の登場人物として、きっと魅力的だったのだろう。

「南より届けられたる明太子さわるな食べるな妻よ手を引け」。晋樹隆彦の第一歌集『感傷賦』にそんな歌がある。同歌集は『殺意』発表の翌年の刊。晋樹は千葉県出身で、九州の友人からのいただき物をうたった短歌。明太子をもらった喜びが弾けている。

お好み焼き——高見順『如何なる星の下に』

庶民的なたくましさ
楽しい遊戯的料理

「お好み焼の面白さというのは、自分の手で焼くところにあって、食うだけでは、面白さ楽しさの殆んど大半が失われると言っていい」

高見順『如何なる星の下に』に出てくるお好み焼き屋「惚太郎《ほれたろう》」で、作家の私がそんなふうに考える場面がある。ならば私は自ら焼くべきなのだが、焼き方の難しいお好み焼きを同店によくいる美佐子に焼いてもらう。以前は舞台に出ていた踊り子・美佐子にも、男においしい料理を作るという家庭生活へあこがれがないわけではない……。

同作は浅草の踊り子や芸人、作家崩れらと交わりながら、生の哀歓を描いた長編だが、その中心にお好み焼き屋「惚太郎」が繰り返し出てくる。

時代は戦前の昭和十四（一九三九）年から十五年。日中戦争に突入していった時だ。高見は八年に治安維持法違反の疑いで警察に検挙され、厳しい拷問を受けて転向、仮釈放された経験があった。

作中の私はそんなインテリの「絶望的気分の好きな」ことを自覚。「惚太郎」に通うのも「何か落魄《らくはく》的な雰囲気に惹《ひ》かれて」だった。だが同店などで出会う浅草の芸人は「どんな場合でも決して絶望を

しない」雑草のような根強さたくましさを持っていた。浅草で、民衆の素朴さ、率直さ、強靱さに触れて、私は自分の神経を治したいのだ。

岡田哲『たべもの起源事典　日本編』によると、お好み焼きは安土桃山時代に千利休が茶懐石用に創作した「麩の焼き」が祖型。これは小麦粉を水で溶き、焼き鍋の上に薄くのばして味噌を塗って巻いたもの。以後、江戸時代に文字《もんじ》焼き、明治大正時代にどんどん焼きが現れる。そして大正十二（一九二三）年の関東大震災後にお好み焼きが流行。子供も大人も楽しめる遊戯的料理となった。『如何なる星の下に』の私も、自分が気に入り、思いを寄せる十七歳の踊り子・小柳雅子の名前をうどん粉で鉄板の上にローマ字や漢字で書いて、打ち興じている。

やきそば、いかてん、えびてん、あんこてん……。「惚太郎」の二十種類以上のメニューを同書は列挙。何でも鉄板で焼いて食べてしまう庶民的なたくましさを感じさせる食べ物が、高見にとってのお好み焼きなのだろう。

その後、お好み焼きは大阪に伝えられ、大阪の庶民的風土に溶け込み大発展。戦後、関西に新しい食文化を形成するまでになっている。

きつねうどん——壺井栄『二十四の瞳』

味の記憶と体験
大阪でいなり寿司から誕生

「先生の家でごちそうになったきつねうどんを思いだした」。壺井栄『二十四の瞳』で、小学生のコトエがおいしかった「きつねうどん」のことを繰り返し思いだす場面がある。

同作は昭和三（一九二八）年、新任教師の大石久子が岬の村の分教場へ赴任してくるところから始まっている。しかし二学期が始まった日に大石先生は子供たちが掘った落とし穴にはまって、アキレス腱を切断してしまう。穴の中で横になったまま、両目から涙が流れている先生を見て、いたずらっ子は押し黙り、泣きだす女の子もいる。

そして学校に来られない先生のことが心配になった十二人の一年生が八キロ離れた先生の家まで、放課後、親にも内緒で歩いていくのだ。子供たちは松葉づえ姿の大石先生と再会。「先生の、顔見にきたん。遠かったあ」「みんなで約束して、だまってきたん、なあ」と子供たちが言うと、先生の頬を涙が流れる。子供たちは先生の家で先生のお母さんからきつねうどんをごちそうになるのだ。

きつねうどんが生まれたのは、明治二十六（一八九三）年。大阪のうさみ亭マツバヤ（旧名・松葉家）の初代店主の宇佐美要太郎が考案したと言われている。宇佐美は寿司屋とうどん屋をやっている近く

の店で働いていたが、独立する際に「新しいうどんをつくったらどうや」と勧められ、「いなり寿司」をヒントに作る。最初は油揚げを別皿で出していたが、客がそれをどんぶりに入れて食べるのを見て、一緒に入れるようになったという。

コトエはきつねうどんと先生とあの遠い道のことをセットで何度も思い出す。帰宅すれば子守をしなくてはならないので、家に寄らず、何も食べずの出発ゆえに「空腹はきつねうどんの味を数倍にしてコトエの味覚にやきついていた」と壺井は書いている。空腹時は何を食べてもおいしい。だが、その味を長く記憶していることには、それぞれの体験が重なっているということだろう。

最後まで読むと、コトエは二十二歳で病死。男の子の五人中三人が戦死、一人が失明という人生だ。大石先生も夫と娘を亡くしている。悲しい話のはずなのだが、不思議に明るさが満ちた作品。小豆島の貧しい家庭に育った壺井は庶民の中にある明るさをよく知って、その庶民の未来に向けて書いているからだろう。きつねうどんも大阪を代表する庶民の味だ。

牛肉の大和煮
——池部良『ハルマヘラ・メモリー』

将兵たちの人気携行食
戦争時、大量に前線へ

「牛肉の缶詰（大和煮《やまとに》にしたもの）と言えば、戦闘食、第一級の副食物。入隊して三年近くになるが、まだ何回も食べてはいない」。俳優で名エッセイストだった池部良の『ハルマヘラ・メモリー』に、何回か牛肉の大和煮のことが出てくる。

池部は立教大英文科を出た後、若手俳優として活躍していたが、見習士官として第二次世界大戦に従軍。池部小隊を率いて戦った。氷点下五度の中国から赤道直下のハルマヘラ島へ転戦して終戦を迎えるまで。同書はその長編体験記で、戦争の真実とばかばかしさを軽妙なタッチで描いている。

入隊後、牛肉の大和煮を最初に池部が食べたのは「初年兵として、北支、山東省に到達した日、入隊祝いとかで、夜食に」出たもの。そんな貴重品を、池部の眼前の大尉殿が箸で牛肉を突き刺し、ぱくっと開いたばかでかい口に投げ入れている。

その日、池部は部隊が食料を失ってしまい、援助依頼のため、食事もとらずにここまで四、五十分も歩いて登って来た。その池部に対し、大尉は貴重な牛肉の大和煮を無造作に食べながら勝手な命令を下す。池部は大尉に激しい怒りを感じるのだ。

何度か紹介してきたが、明治五（一八七二）年に政府は千二百年間の肉食の禁をとき、天皇が肉食をする。肉食で日本人の体位を向上させる富国強兵策だった。大和煮は明治生まれの料理で、日清日露戦争でも前線に牛肉の大和煮缶詰が大量に送られ、第二次大戦中も携行食として将兵の人気食だった。

一般には大正四（一九一五）年、東京の明治屋が牛肉大和煮の缶詰を発売して人気となり、知られるようになっていった。いまは多くのメーカーから発売されている。

「牛肉の大和煮」は池部にとって忘れられない戦争中の食べ物なのだろう。「大和煮」というエッセイも残している。それは中国から南方に向かう輸送船で食べた牛肉大和煮のこと。「部隊長どのの私物から、牛《ぎゅう》の缶詰を盗んで来ました」という部下の小林上等兵からごちそうになった思い出だ。「手の平四分の一大の薄い牛肉には脂がたっぷりとつき醤油や砂糖で充分に煮込んだ味はとにかくうまかった。うますぎて陸軍少尉の身を忘れ、戦争を忘れ、小林上等兵に『有難う』というのを忘れていた」とある。

好事魔多し。その翌日、池部たちの輸送船は米国潜水艦の攻撃を受けて沈没。セレベス海を泳ぐことになった。

蜆汁――常盤新平「土用蜆のおいしい夜」／佐藤洋二郎『妻籠め』

よく黄疸を治し酔を解かす
幼かったころを思い出す

常盤新平の連作短編小説集『たまかな暮し』の中に「土用蜆のおいしい夜」という作品がある。昼と夜に、主人公・悠三が蜆汁を食べた一日の話。昼は東京・新宿の天ぷら屋で天丼と蜆汁を注文。「天丼もおいしかったが、丼に蜆が山盛りの味噌汁がよかった」

天ぷら、蜆汁好きの写真家酒井との食事だったが、酒井は蜆の話となると止まらない人。「いま、ぼくらが食べているのは、大和蜆というんだ」「大和蜆は夏が旬でね。それで土用蜆と呼ばれる。島根県の宍道湖のが有名だけれど、利根川の河口域でもどっさり採れる。真蜆はこの近縁種で、これは川の上流から中流にかけて棲《す》んでいる。冬が旬だから、寒蜆」

まるで蜆のうんちく小説の感もある。真蜆は関東周辺に多く、琵琶湖水系にもいて、大津市の瀬田でよく採れ瀬田蜆ということも記されている。

佐藤洋二郎の長編小説『妻籠め』にも大学教師のわたしと女子学生の真琴が宍道湖を訪れ、二人が入った小料理店で蜆汁を飲む場面がある。「こんなに大きな蜆は初めて」と真琴が驚くと「大和蜆というんですよ。この湖の名産なんです。今朝、漁師さんが獲《と》ったものなんです」と店のおかみが話している。

この蜆、その貝殻表面の横じわが縮んでみえるので、チヂム→シジム→シジミになったとの語源説を岡田哲『たべもの起源事典　日本編』が紹介している。江戸期には十月から三月まで、蜆がおいしい季節として珍重されていたという。また本山荻舟『飲食事典』によると、東京では明治大正まで江東の著名な料理屋からひいき筋に寒蜆を贈物にしたが、工場地帯の発展による生産減少や関東大震災のために、この風習も廃絶したという。

「土用蜆のおいしい夜」の悠三の妻・やよいは母親の営む小料理屋で働いているが、店の残り物を使って夕食を作る。それは蜆汁と蜆ごはんだった。悠三が食べていると妻が蜆講釈を始める。蜆には解毒作用のあるタウリンと肝臓によいビタミンB12が大量に含まれているし、カルシウムも含まれている、と。天明七（一七八七）年の『食品国歌』にも「蜆よく黄《おう》疸《だん》を治し酔を解す」とあって、昔から肝臓によいことなどが知られていた。

蜆汁が大好きな悠三。「蜆汁が出てくると、なぜか幼かったころを思い出す。そのころには一家団欒《だんらん》があった」と常盤は書いている。

天ぷら——中里恒子『時雨の記』

大人の恋を一気に加速
和洋中合作の揚げ物料理

「まあ、てんぷら、おいしそう」。中里恒子『時雨の記』の冒頭近く、壬生孝之助が持参した重箱を開け、堀川多江が、そう言う場面がある。

壬生は二十年ほど前に一度見かけた多江に、昨日、知人の息子の結婚式で再会。式後、壬生は多江を車で送ると言うが、夫を亡くした後も神奈川県大磯に住んでいる多江は、東京駅から電車で帰ると言う。すると壬生は大胆にも、多江の家へ「明日、お伺いしてよろしいでしょうか」と述べて、それを実行したのだ。

天ぷら好きな多江は「てんぷらとは、親身なお土産」と応え、自分から先に箸をつけて「まあおいしいこと、海老がこりこりして」とにっこりしている。そうやって大人の恋が開幕する物語だ。

天ぷらは代表的な和風の衣揚げ料理。揚げる調理法は留学僧らによって中国から日本へ伝わった。野菜だけを揚げる天ぷら「精進揚げ」の伝来は鎌倉時代。その名の起源は、寺で発達した普茶料理などと思われる。

岡田哲『たべもの起源事典　日本編』によれば、一五四三（天文十二）年、種子島にポルトガル船が

漂着後、南蛮料理が伝来。江戸前期の元禄時代には長崎市の唐人屋敷に豚肉・ラードを用いるしっぽく料理が誕生した。

　これらの食文化の動きを背景に、和洋中の合作料理として「長崎天ぷら」が十六世紀の室町後期に生まれた。衣に味を付けた天ぷらだ。それが十七世紀に上方天ぷらとなり、さらに天明年間（一七八一～八九年）の江戸で、味付けはしない薄い衣でからっと油で揚げて、天種の味とともに楽しむ日本の天ぷらが完成する。

　天ぷらの語源は多数あるが、スペイン語の「テンプロ」（寺）からという説に、本山荻舟は『飲食事典』で賛成している。「寺」との関係が深い料理だからだ。「天麩羅《てんぷら》」の表記は江戸後期の戯作《げさく》者・山東京伝の考案。天は揚げること。麩は小麦粉。羅は薄衣のこと。最初は「天麩羅阿希《あけ》」と記していたようだ。「天麩羅阿希《あぶらあけ》」、つまり「油揚げ」との命名らしい。

「なにしろ、てんぷらで、釣り上げたひとなんだから」と壬生が多江に話すように、『時雨の記』には繰り返し天ぷらが登場。再会した翌日、多江を訪ねた際も、壬生は多江が喜ぶ姿を見て「揚げたてを食べにゆきましょう。もっとおいしいから……明日どうですか」と迫り、多江も同意している。同作での天ぷらは大人の恋を一気に加速させる食べ物である。

ハタハタ——太宰治『津軽』

喰えば喰うほど頭が冴える
寒雷のころ岸に押し寄せる

「ハタハタを食べる事は、津軽の冬の炉辺のたのしみの一つである」。『津軽』に太宰治はそう記した。同作は昭和十九（一九四四）年に書かれた青森県の津軽風土記。ハタハタについて「鱗《うろこ》の無い五、六寸くらいのさかなで、まあ、海の鮎《あゆ》とでも思っていただいたら」と太宰は紹介している。

津軽では「あたらしいハタハタを、そのまま薄醤油《うすじょうゆ》で煮て片端から食べて、二十匹三十匹を平気でたいらげる人は決して珍らしくない」そうだ。

太宰もその一人。「ハタハタを山のように焼かせ、これを手摑《てづか》み、指先でむしり喰《く》らう。たちまちのうちに、皿一杯の骨を残してしまう」。そんな太宰のハタハタの食べ方を檀一雄が『美味放浪記』で書いている。さらに檀の『わが百味真髄』によると「檀君、喰えよ。喰えば喰うほど頭が冴《さ》える」とハタハタのことを太宰が言ったという。

ハタハタは「秋田地方がむしろ本場のようである」と太宰も記しているが、「秋田名物八森ハタハタ」と秋田音頭にあるように、しょっつる、ハタハタ寿司などは秋田の代表的な郷土料理だ。

「鰰、または鱩など」と書くことが『津軽』にもある。田宮利雄『ハタハタ　あきた鰰物語』によると、

ハタハタは「霹靂神《はたたがみ》を語源とした呼称」。霹靂神は激しい雷（神鳴り）のこと。冬の雷が鳴り渡ると、ハタハタは産卵のために岸に押し寄せる。それゆえにカミナリウオとも呼ばれる。つまり鰰、鱩は雷に由来する日本製文字だ。

他の字源説に常陸（茨城県）の佐竹氏が関ケ原の合戦で西軍についたため出羽国秋田城に転封されたが、一緒にハタハタは常陸から秋田にやってきた。それを尊んで魚偏に神の字にしたとの説などが『たべもの起源事典　日本編』に紹介されている。

秋田音頭は「男鹿で男鹿ブリコ」と続くが、ブリコは納豆のように糸を引く、ハタハタの大粒な卵のこと。水戸の正月のようには、ブリがとれないので、ハタハタの子をブリの子と呼び、佐竹侯に献じたとの説もあるようだ。

『津軽』の取材で太宰は初めて青森県鰺ケ沢町を訪れた。その名からすると、昔は「見事な鰺がたくさんとれたところかとも思われるが、私たちの幼年時代には、ここの鰺の話はちっとも聞かず、ただ、ハタハタだけが有名であった」と書いた。ハタハタは太宰の幼年時代の記憶につながる食べ物なのだ。

鳥鍋——川端康成『伊豆の踊子』

素直な気持ちへ導く
鍋料理は身分差別を克服

川端康成『伊豆の踊子』＝大正十五（一九二六）年作＝の終盤、旅芸人たちが下田の木賃宿で鳥鍋を食べている場面がある。一高生の私がそこに寄ると「一口でも召し上って下さいませんか。女が箸を入れて汚いけれども、笑い話の種になりますよ」と芸人たちが言う。

私が旅芸人たちと歩いていると「物乞い旅芸人村に入るべからず」の立札がある村もあった。そんな差別をされている旅芸人から、自分たちが食べた鳥鍋を一緒に食べてほしいと言われるのだ。

鈴木晋一『たべもの史話』によると、今の鍋料理が始まったのは二百年あまり前。鍋で煮る料理には三つの発展段階がある。第一は鍋で煮て個々の器に盛る料理。つまり一般的な煮物で歴史的に最も古い。第二は鍋で煮て鍋のまま供する形式。これは十七世紀の中ごろから。そして第三が鍋を火にかけて煮ながら食べる形式。つまり今の鍋料理で十八世紀後半からだ。

鍋は最も基本的な炊事道具で古来神聖なものだった。それを直箸《じかばし》でけがすことは、伝統的な食意識では考えようもなかった。支配階級の中で形成されたタブーを無視して「熱いものは熱いうちにと味覚を優先させた」食べ方は、江戸期に「社会的に実力をもった町人層のエネルギーの所産」と鈴木は書

いている。

鍋料理を楽しむには「一座の人々のあいだに身分・職業・性別などの差別がとり払われていなければならない」「鍋料理は、食生活のなかで日本人が身分差別を克服したモニュメント」とある。

そんな視点から『伊豆の踊子』の女旅芸人たちが「一口でも召し上って下さいませんか」と、男の一高生の私を鳥鍋に誘う場面を読むと、実に味わい深い。のどが渇いていると、岩間から湧く清水を見つけた踊子が私を呼びに来る。泉の周囲には女旅芸人たちが立ち「さあお先きにお飲みなさいまし。手を入れると濁るし、女の後は汚いだろうと思って」と言うのだ。

私は自分の性質が孤児根性でゆがんでいて、息苦しい憂鬱に堪え切れず、伊豆の旅にきていた。交流が深まると、旅芸人たちは「いい人ね」と私のことを話している。それを聞いて「私自身にも自分をいい人だと素直に感じることが出来た」。

鳥鍋は、差別されている旅芸人たちとの交情を通して、自分のゆがんだ精神を素直な気持ちへと導いてくれたものの象徴として『伊豆の踊子』にあるのだろう。

チャーハン——佐藤泰志『そこのみにて光輝く』

残りの冷や飯で手早く作る
西日本は焼きめしが多数

「姉ちゃん、まだ寝てたのか。メシが食いたい。友達も連れて来たからふたり分頼む」。佐藤泰志『そこのみにて光輝く』の冒頭、主人公・達夫がパチンコ屋で知り合った拓児の家までついて行くと、拓児が姉の千夏にそう告げる。それに千夏は「チャーハンならできるわよ」と応えて、「上等、上等」と拓児も言う。

チャーハンは中国文化の影響を受けた国で多く作られる食べ物だが、料理研究家・奥村彪生《あやお》の『ごはん道楽』によると、日本で一般に広まったのは昭和三十年代。似た料理のピラフは油で炒めて炊く、インド生まれの料理。語源はサンスクリット語のプラーカ（大きな一皿の飯）だ。それがペルシャ、トルコ経由でフランスに伝わり、ピラフに。

かつて日本でも奈良時代から油飯《あぶらいい》という料理があった。ごま油を入れて炊いた飯。インドから中国への船が難破して日本に漂着。彼らがこのピラフを日本に伝えたのではと奥村は想像している。

周富徳『チャーハン人生論』にある究極のチャーハンの作り方には、まずは中華鍋を火にかけて空焼きし、煙が立つくらい熱することとある。温度が上がらないと香ばしさが出ないからだ。

夏季の物語のせいもあるだろうが、千夏は何度も暑い、暑いと言いながら、チャーハンを作っている。フライパンをよく熱しているのだろう。

炊きたての飯はほぐれやすく、チャーハン向きだが、普通は残りの冷や飯で手早く作るのが一般的。千夏の「チャーハンならできるわよ」も冷や飯での調理だろう。庶民の代表的な料理である。

「いただきます」と食べる前に達夫は言い、食べ終わると「おいしかった」と礼を述べる。礼儀正しい達夫と、気さくで素早い対応の千夏との食を介した出会いである。

このチャーハンは中部以東で主にそう呼ばれることが多く、京都・大阪以西では「焼きめし」と呼ばれることが多いという。この地域差の調査研究をしたNHK放送文化研究所の塩田雄大によると、東日本では焼いたおにぎりを「焼きめし」と呼ぶ習慣があり、炒めご飯の新料理を区別する必要からチャーハンの呼び方が早く定着。一方、西日本はその区別の必要があまりなく、焼きめしが炒めご飯を指す名となったと推測している。

東北・北海道もチャーハン圏。『そこのみにて光輝く』は函館が舞台なので登場人物たちも「チャーハン」派だ。

蛸しゃぶ——川上弘美『センセイの鞄』

祭りに食べるハレの食
恋の瓶のふたを開けていく

川上弘美『センセイの鞄』は三十七歳の大町ツキコが年の差、三十歳以上のセンセイと再会して恋愛に至る物語だ。駅前の飲み屋のカウンターで「まぐろ納豆。蓮根《れんこん》のきんぴら。塩らっきょう」とツキコが頼むと、隣の老体も同じものを頼む。どこかで、この顔は……と思うと、かつて高校で教わった国語のセンセイだった。

その二人が島へ旅行する場面がある。「島の名物は蛸《たこ》とあわびと大海老」で、宿の食事にも蛸しゃぶが出てくる。「薄く透けるようにそいだ蛸を、たぎった鍋の湯にひらりと落とし、浮いてきたところをすかさず箸にとる。ポン酢につけて食べると、蛸の甘みと柑橘類《かんきつるい》の香りが口の中でとけあって、これはまた玄妙な味わいである」。

湯に入れると蛸の透き通った身が白くなるが「その直前に、ほんのわずかばかり、桃色に染まる瞬間が、ありませんか」などとセンセイが言う。

自分の部屋に戻ったツキコは眠っても目がさめてしまう。意を決し、センセイの部屋に行くのだが。なんとセンセイは俳句の書きもの中。紙には「蛸の身のほのかに紅し」とある。さらに「句の、下五が

なかなか」できないという。ツキコが「悶々《もんもん》としていた間、センセイは蛸のことなぞで悶々としていた」のだ……。

日本人は古代から蛸を食し、世界の漁獲量の大半を消費する蛸食国。その蛸は高い知能の持ち主で、密閉されたねじぶた式のガラス瓶に入った餌でも、自分でねじを回してふたを開けて、餌を取ることができる蛸もいる。

縁日のたこ焼きもなじみ深いが、平川敬治『タコと日本人』によると、日本人は「祭りの日にはタコを食べるという文化的伝統」があり「タコは基本的にハレの食」なのだ。なるほどツキコとセンセイの旅行もハレの日で、蛸料理は二人に適した料理とも言える。

でもセンセイがこの島を選んだのは、亡くなった妻の墓があるからだった。それを知ってツキコは「くそじじい」と思う。この辺りの男女の駆け引きが、実に面白い。

俳句の下五は「海鳴りす」ではどうかとツキコが言う。「蛸の身のほのかに紅し海鳴りす」。「ツキコさんはいい感覚をしていますね」とセンセイが応える。なかなかセンセイとの核心に近づけないツキコが、そうやって自分の意志と知能で、恋の瓶のふたを開けていく場面である。

長崎チャンポン——斎藤茂太『茂吉の周辺』

栄養があり、腹いっぱいに
明治末大正期には名物料理

「チャンポンは父となじみの深い四海楼の創立者陳平順さんの考案だそうだ。シナソバの上に白菜、ネギ、モヤシ、タケノコ、貝、イカ、豚肉、カマボコなどをのせスープをたっぷりかけたもの」と、斎藤茂太『茂吉の周辺』の「長崎」にある。続いて「巡業に来る出羽嶽《ではがたけ》わが家にチヤンポン食ひぬ不《ふ》足《そく》もいはず」という茂太の父・斎藤茂吉の歌も紹介されている。

出羽嶽は戦前に人気があった山形県出身の力士。茂吉の養父が東京に連れてきて家に住まわせたので、茂吉・出羽嶽は一緒に暮らしたこともあった。平順の曽孫陳優継の『ちゃんぽんと長崎華僑』によれば、大正七（一九一八）年に東京相撲の一行が長崎巡業に来て、中にいた当時序ノ口の出羽嶽を茂吉は自宅に招き、四海楼からチャンポンを出前させてごちそうしたようだ。茂吉は大正六年末から三年三カ月、長崎医専の教授だった。

その四海楼に平順の娘の玉姫、清姫という美人の看板娘がいたが、茂吉は姉の玉姫がお気に入りで「四海楼に陳玉といふをとめ居りよくよく今日も見つつかへり来」の歌も残している。

四海楼は明治三十二（一八九九）年に平順が長崎で開いた中華料理店。長崎チャンポンは平順が貧し

い中国人留学生らに安くて栄養があり、おなかがいっぱいになる料理を食べさせたいと考えて創作したという。ラーメンなどの中華麺は鹹水《かんすい》を使うが、チャンポンの麺は小麦粉に唐《とう》灰汁《あく》を入れて作る。唐灰汁は炭酸ナトリウム、炭酸カリウムが主原料の長崎独特の添加物で、チャンポンの風味、食感を生み出している。

茂吉の家でチャンポンを食べた出羽嶽は茂吉の次男・北杜夫の『楡家の人びと』に「蔵王山」の名で出てくる力士。「比類のない長身の持主」と北も書いているが、二メートル七センチの長身力士として有名だった。だが「身体《からだ》に逆比例した小心と内気」で「闘志が足りない」人だったようだ。実際は関脇までなったが、蔵王山のほうは「前頭筆頭」までと記されている。

チャンポンを食べた出羽嶽が「不足もいはず」と茂吉の歌にある。比類なき長身の力士を満足させるほどチャンポンはボリュームのある料理とも読めるし、出羽嶽が小心内気ゆえ、お代わりもしなかったともとれる。それとも何杯か出前させたのか……。ともかく明治末から大正期には、チャンポンが長崎の名物料理であったことがよく分かる。

赤蕪の漬物――藤沢周平『三屋清左衛門残日録』

英雄的ではない人たちの味
栽培には瘦せ地が適する

「この赤蕪《あかかぶ》がうまいな」。藤沢周平『三屋清左衛門残日録』の「霧の夜」という章は、そんな言葉で始まっている。清左衛門がよく通う小料理屋・涌井へ町奉行の佐伯熊太と行くと、おかみの「みさ」が赤蕪の漬物を運んでくる。それを食べた佐伯がもらした言葉だ。

「わしはこれが好物でな」という佐伯は「この赤蕪と申すものは平地の畑で作ってもうまく行かんそうだ」と話す。佐伯が鹿沢通の代官・桜井孫蔵に聞いた話などから「鹿沢通のように焼畑の多い山奥で作ったものが、出来もよく味もよい」と講釈すると、清左衛門も「おぬしが喰《く》い物について一家言ある男とは知らなんだ」と応じている。

『三屋清左衛門残日録』は藩主の用人まで務めた清左衛門が家督を長男に譲ってからの隠居生活を書いたもの。舞台の藩は藤沢文学では有名な庄内地方の藩と思われる。佐伯が言う「鹿沢通」とは山形県鶴岡市の温海《あつみ》地域のことで、その赤蕪は温海蕪のことだろう。

温海蕪はシベリア、または中国東北部から伝わったという蕪で約四百年の伝統がある。今も山の急斜面を夏に焼畑にして、種がまかれ、ほぼそのまま無農薬で、秋に収穫される。表面が赤紫、中は白

いが、塩と酢と砂糖で漬けると、酢の作用で全体が赤い色になる。かりかりと歯切れがよく、素朴な味が愛されている。
藤沢は『周平独言』で「ひと口に言うと、どんなにおいしく味つけされていても、ごてごてと飾った料理は嫌いで、物本来の味がはっきりわかるような料理が好き」と記している。佐伯もうまい赤蕪は「痩せ地に適し、土の肥えているところには不向き」と言っている。
藩主の用人にまでなった清左衛門は隠居したとはいえ、その地域では出世組だが、誰にもなだらかな退職後生活はなく、彼も昔の人脈を生かし、藩の派閥抗争の始末にもかかわっていく。佐伯との話もそんな中にある。
清左衛門が「何をしゃべってもかまわないごく少数の友人の一人」という町奉行の佐伯も出世組だろうが、その佐伯が愛する食べ物が赤蕪の漬物というのが、いかにも藤沢文学らしい。藤沢は決して英雄的な人物を描かなかった。清左衛門と佐伯は藤沢文学にふさわしい人たち。その象徴が佐伯の愛する赤蕪の漬物の素朴かつおいしい味なのだろう。

日本酒——井伏鱒二『厄除け詩集』

恥ずかしいから飲むんだ
水の良い国の民族の酒

ウチヲデテミリヤアテドモナイガ／正月キブンガドコニモミエタ／トコロガ会ヒタイヒトモナク／アサガヤアタリデ大ザケノンダ

これは唐詩人高適《こうせき》の「田家春望」を井伏鱒二が訳したもの。井伏『厄除け詩集』にある。原詩は「出門何所見／春色満平蕪／可歎無知己／高陽一酒徒」。中国・高陽の地の酒徒を中央線沿線の「阿佐ケ谷辺りで大酒飲んだ」としたのが絶妙だ。

吉行淳之介編『酔っぱらい読本』にもこの訳詩が収録されているが「八十歳を過ぎた筈《はず》の井伏鱒二氏は朝まで居酒屋で飲んでおられて、泰然自若たるものである」との話が伝わってきたことを吉行は記し、そんな井伏を「怪物」と書いている。

素戔嗚尊《すさのおのみこと》が八岐大蛇《やまたのおろち》を退治する際、酒で酔わせたように、日本でも酒は古代からある。古名はクシで、薬のクスからともいう。サケについては飲めば栄え楽しむことからサカエがサケとなったとの説も。日本酒はこうじカビでコメを糖化する。古代は口で嚙《か》み、唾液と混ぜて発酵させた。「嚙む」から「醸《かも》す」の言葉が生まれている。

水に鉄が〇・〇五PPm以上あると赤褐色の色素を作るので、酒としての市場性を失ってしまう。超微量の鉄の存在を別にたとえると、東京―大阪間の新幹線のレール上にウズラの卵が一個のっているような微量さ。それを紹介しながら小泉武夫は『食と日本人の知恵』で「日本酒は水の良い日本だけにはぐくまれてきた民族の酒」と記している。

三浦哲郎『師・井伏鱒二の思い出』によると、井伏は「恥ずかしいから、おれは飲むんだ」と語っていた。『厄除け詩集』の序では、時々散文を書いてもつまらないような気持ちになるので、自分の散文が厄にあうことへの厄除けで詩を書いたという。自嘲の気持ちもあったとか。酒と詩が呼応するような発言だ。吉行が新宿の居酒屋で偶然井伏に会った際、飲むと湿疹が出るようになった井伏に日本酒をウイスキーに替えるようにすすめている。井伏は晩年ウイスキーを好んだが、でも「日本酒がゆっくり時間をかけて体内を通り過ぎてゆくそのいろいろのねじれ方に趣《おもむき》がある」と話していたようだ。

最晩年の井伏に取材した時、冒頭、私（筆者）の質問に井伏は長時間沈黙。最初に発したのは「お酒、飲もっか」との言葉だった。そしてスコッチウイスキー・オールドパーを飲みながら、九十三歳の井伏は質問に答えていった。

卵のふわふわ——宇江佐真理『卵のふわふわ』

長い間、禁忌だった卵料理
別の生命を奪う現実

宇江佐真理『卵のふわふわ』は食と夫婦仲をめぐる時代小説。「のぶ」の夫・正一郎は北町奉行所隠密廻《まわ》り同心。正一郎の父・忠右衛門も臨時廻り同心だが、料理好きで、特には卵料理だった。でも、のぶは食べ物に好き嫌いがあってか、二度妊娠したがいずれも流産。そこから夫婦仲が悪くなり、婚家を出てしまうのだ。

「巨人・大鵬・卵焼き」が流行語になるほど、日本人は卵好きだが、鈴木晋一『たべもの史話』によると、日本人がおおっぴらに卵を食べるようになったのは、四百年ほど前から。それまでは卵を食べることに、恐怖心を持つ人が多かった。

「古《いにしへ》に天地《あめつち》未《いま》だ剖《わか》れず、陰陽《めを》分《わか》れざりしとき、渾沌《まろか》れたる鶏子《とりのこ》の如《ごと》くして……」。『日本書紀』の本文冒頭がこうあるように、万物生成前の宇宙を「鶏子」（鶏卵）のごとく考え、卵を生命の根源として神聖視していた。

それに天武四（六七五）年の肉食禁止令が加わった。卵の食用禁令はなかったが、平安初期の『日本霊異記』では卵を常に食べた若者が熜火《おきび》の中で焦げて死ぬ話が記されているなど、日本人一般にとっ

て卵を食べることは長い間、禁忌だった。
しかし天文十二（一五四三）年にポルトガル人が種子島に漂着し、南蛮料理・菓子が伝来。欧州人や中国人が卵を食べるのを見て、卵への抵抗感が日本人に少なくなり、日本初の刊本料理書『料理物語』（一六四三年）に「玉子ふわふわ」「玉子はす」「玉子素麺」などが紹介されるまでになる。

宇江佐の作品はそんな卵食文化を反映させたものだ。「安堵《あんど》卵のふわふわ」の章で、立ち回りでけがをした忠右衛門のために、のぶが婚家に行き、卵のふわふわを作ってやる。しゅうとが「うまいねえ」と言う。それを聞き、正一郎も食べる。正一郎は「のぶ、お前も喰《く》え。大層うまい」「今度はおれが拵《こしら》えてやる」というのだ。三人で卵のふわふわを食べたことで夫婦仲が戻ってきた。

卵の中には生命が息づいている。生命をつなぐために別の生命を奪う現実にのぶは突然気づく。偏食だった自分の傲慢《ごうまん》さに気づいたのぶは苦手な物も食べていく決心をするのだ。本の最後、のぶは懐妊し三月三日の桃の節句に男の子を産んでいる。

『たべもの史話』によると「玉子ふわふわは卵をとき、出汁《だし》・溜《たま》り・煎酒《いりざけ》などで調味し、やわらかく煮るか蒸すもので、江戸時代を通じてひろく愛好された」という。

そば——永井龍男「冬の日」

過去を断ち、穢れをはらう江戸期創作のそば切り

短編小説の名手、永井龍男の「冬の日」に、そば屋のことが何回か出てくる。主人公・登利《とり》の娘は結婚してわずか二年目に亡くなり、娘の夫・佐伯と、娘が産んだ孫娘を登利は鎌倉の家に引き取る。二年前のことで、夫を亡くした後、女手一つで娘を育てた登利は四十二歳。佐伯は三十歳だった。だが二人の間に関係ができてしまう。そして再婚が決まった佐伯と孫娘のために、年末の最後に畳替えをして、新年に自分が家を出て行くという話だ。

佐伯の先輩の進藤が登利の気持ちを確認するかのように訪ねてきて「久しぶりに連雀町《れんじゃくちょう》のやぶへ行きましたよ。たしか、お生まれが、あの辺でしたね」と言う。やぶとは、今もある老舗そば店「かんだやぶそば」のこと。生まれ育った土地の話から、登利はこれまでのことを語っていくのだ。

登利は神田時代の友達が鎌倉でそば屋をやっていて「大晦日《おおみそか》から三ガ日にかけて、手伝い」にいくことを進藤に話す。八幡宮前のそば屋のかみさんが昔なじみなのだ。

その翌々日の大晦日の夕方。そば屋へ手伝いに行くと、夜九時すぎから急に忙しくなり、電話が鳴り通しとなった。除夜の鐘を落ち着いて聞く者もなく、初詣客が東京辺りからもきて、続々とのれん

をくぐってくる……。

朝七時すぎに帰宅。睡眠薬を飲んで寝た登利が目覚めると、二本の桜の細い冬枝越しに「真赤な巨《おお》きな太陽が、登利の真向かいにあった」。元日の夕日は、登利の激しい情欲を喚起する。だが、その夕日は一瞬ごとに沈んでいくのだった。

そば切りは江戸期に創作された代表的なそば粉の食べ方。延ばして包丁で切るので、その名がある。明治以降は単に「そば」と呼ぶようになった。

そば殻を焼いた「あく」で古器物を洗えば多年のあかもぬける。金銀細工では金箔《きんぱく》を延ばす際にそば粉を使い、散った金銀粉もそば粉で寄せることなどを本山荻舟が『飲食事典』で紹介。「これらの縁起を祝ったのが商家の晦日ソバ」となり、さらに「旧年の穢《けが》れを去り五臓の停滞を除く」ことが、年越しそばにつながったと記している。

「冬の日」は神田の「やぶ」からも近い東京に生まれた江戸っ子作家で、長く鎌倉に住んだ永井らしい作品。そばは他の麺より切れやすく、災厄を切る意味もある。これまでのことを断ち切り、はらっていく登利の思いを年越しのそばが表しているのだろう。

バレンタインチョコ——俵万智『チョコレート革命』

家でなく個人と個人の愛
ほんとうの言葉で歌う短歌

「男ではなくて大人の返事する君にチョコレート革命起こす」。俵万智の第三歌集『チョコレート革命』のタイトルとなった歌。妻子ある男性との愛を歌った短歌だが、歌の季節が二月ごろに設定されており、バレンタインデーを意識した歌である。

同日は聖バレンタイン殉教の日。ローマ皇帝が富国強兵のために兵士の結婚を禁止したが、バレンタイン司祭はこれに反対して多くの兵士を結婚させた。だが怒った皇帝によって二六九年ごろの二月十四日に処刑された。

欧米では贈り物はカードの交換であったり、クッキーを焼いたりと特定な物に決まっているわけではない。贈り物が女性から男性へのチョコレートに集約されるのは日本だけのものらしい。

昭和三十三（一九五八）年に東京の伊勢丹デパートで初めてバレンタインチョコを売り出したが、三枚しか売れなかったとの話もある。でも昭和三十年代後半からバレンタインチョコがはやりだした。

『チョコレート革命』のあとがきに「大人の言葉には、摩擦をさけるための知恵や、自分を守るための方便や、相手を傷つけないためのあいまいさが、たっぷり含まれている。そういった言葉は、生き

てゆくために必要なこともあるけれど、恋愛のなかでは、使いたくない種類のものだ。そしてまた、短歌を作るときにも。言葉が大人の顔をしはじめたら、チョコレート革命を起こさなくては」と記されている。つまり「ほんとうの言葉」で歌う短歌の象徴が「チョコレート」なのだ。

石井研士『都市の年中行事』によると、戦後のバレンタインデーの新聞広告を見ると、香水、電気かみそり、ネクタイなど多様なものを贈るような広告となっている。対象がチョコレートだけになっていく過程で、女性が多くのプレゼントからチョコレートを選んでいったのではないかという推測を石井はしている。

石井はバレンタインチョコに本来のキリスト教的行事との関係を見ている。つまりチャペルウエディングと同様に「個人と個人の愛による（家と家ではない）結びつき」を見ているのだ。そういえば、俵の『チョコレート革命』も不倫という（家庭と家庭ではない）「個人と個人の愛」についての歌集である。ベストセラーとなった俵のデビュー歌集『サラダ記念日』の刊行は一九八七年。『チョコレート革命』は、そこから十年後の歌集である。

蜜柑――芥川龍之介「蜜柑」

弟たちの見送りに報いる鉄路の旅の代表的な果物

芥川龍之介「蜜柑」は爽やかな読後感を残す短編である。冬の日暮れ、私は横須賀発の上り列車の二等客席に座っている。すると二等客室の戸が開き、十三、四の小娘が慌しく入って来た。両頬を赤く火照らせた娘だった。

あかじみた毛糸の襟巻きが垂れ、霜焼けの手には三等の切符が握られていた。下品な顔立ち。服の不潔さ。二等と三等の区別をわきまえぬ愚鈍さ。さらに動きだした列車の窓をしきりに開けようとしている。その娘の行動を、私は腹立たしく冷酷な目で見ていた。汽車がトンネルに入ると、煙が車内に入ってきた……。

だがトンネルを出たと思うと、踏切の向こうに頬の赤い男の子が並んで、手を上げ、声を上げている。そして例の娘が霜焼けの手で、蜜柑を五つ六つ、汽車を見送る男の子たちに投げたのだ。

私は一瞬にすべてを了解した。これから奉公先に赴く娘が、懐の蜜柑を投じて、弟たちの見送りの労に報いたのだ。別人を見る思いで娘を注視した私は、疲労と倦怠《けんたい》を一瞬忘れることができた。

東京帝大卒後、芥川は大正五（一九一六）年末から二年数カ月、横須賀の海軍機関学校の英語教師をし

ていた。鎌倉から通った学校の帰りに見聞した話がもとらしい。

「蜜柑」が発表された大正八年は、小菅桂子『近代日本食文化年表』によると神奈川県山北町の蜜柑がカナダ、米国へ輸出されているし、翌年の項には「果実生産の一位はみかんの二〇万八、六〇〇トン。このうち国鉄貨物が扱う輸送量は柑《かん》橘《きつ》が一七万トンでかなり流通経路にのるようになって来た」とある。鉄路の旅の果物では蜜柑が代表的。戦後育ちには冷凍蜜柑が忘れえぬ思い出だろう。

杉崎行恭『線路まわりの雑学宝箱』によると、冷凍蜜柑は冷蔵技術を持つ大洋漁業（現・マルハニチロ）と神奈川県国府津の青果卸業者が共同開発。冬に収穫した蜜柑を凍らせ、夏に売った。皮が薄くなるまで保存後、冷凍。出荷前に冷水に潜らせ、氷の膜を作って乾燥を防ぎ、みずみずしい食感を作り出した。昭和三十（一九五五）年から国鉄の駅で売り出され、高度成長期には爆発的に売れたが、冷房車の普及などで販売量が減少していった。

一方「蜜柑」は冬の列車での出来事。弟たちの上に「乱落する鮮やかな蜜柑の色」や「暖かな日の色に染まっている蜜柑」の描写もある。蜜柑の色が心を明るくする効果を増している。

鍋焼うどん――幸田文『おとうと』

姉弟の愛を証明する食べ物
幕末から明治維新に大流行

幸田文の『おとうと』は中学時代からぐれだした弟・碧郎が十九歳で、結核で亡くなるまでをみとった気丈で弟思いの姉・げんを描いた長編小説。げんは文、碧郎は三歳違いの弟・成豊とのことである。

その最終盤。碧郎とげんが鍋焼うどんを食べる場面がある。入院中の碧郎がある朝、「鍋焼うどん」が食べたいという。「ロースを入れて、葱《ねぎ》を入れて、蒲鉾《かまぼこ》を入れて、車海老を入れて」と。久しぶりに食欲のありそうな碧郎の話に、げんは蕎麦《そば》店から「鍋焼の鍋を譲ってもらって、彼の描いた食欲とそのイメージに応《こた》えようとしていた」。

そして煙の立つ鍋を運んでいくと、碧郎は鍋を眺めて「ことさら鼻に嗅いでみて」「にやあっと笑った」のだ。げんもうれしく思う。うどんをさじで、二さじ三さじ、満足げに食べた碧郎が「ねえさんおあがりよ」と言う。げんが「もういやになったの？」と聞くと「そじゃないんだ。いいから、そっちのはじからおあがりよ」「ねえさんに一緒にたべてもらいたいと思っただけなんだ」と碧郎は言うのだ。

弟思いのげんだが、病院で「一人でたべる味気なさ」が計算できなかった。しかも結核という難治

の病がさせる一人の食事だ。碧郎はその複雑なわびしさで一人の食事にこれまで堪えてきたのだ。

この鍋焼うどんは幕末から明治にかけて生まれた。大阪では幕末からはやり、東京へは明治七～八（一八七四～七五）年ごろに伝わってきたようだ。明治十三年の新聞に「府下中に鍋焼饂飩を売る者が八百六十三人有るが、夜鷹蕎麦を売る者は只《たっ》た十一人で有る」と記されたほど大流行だったことが岡田哲『たべもの起源事典　日本編』にある。

「ごめんね。私よくよくぼんやりものだ。いっしょにたべよう」とげんが碧郎に言う。碧郎は「いいんだってば。もう試験は済んだようなもんなんだ」と話す。碧郎は「伝染という恐ろしい幕を楯に取ってげんをためしたのである。なぜそんなテストなんかする？　患者はほとんどがみな、愛を確認して安心したい一心なのである」と幸田は書いている。げんは「私は結核なんか伝染《うつ》るもんか」と宣言するのだ。

この鍋焼うどんを境にして、げんに対して碧郎は「まるきり素直になった」。鍋焼うどんは姉弟の愛を証明する食べ物である。文の弟・成豊は大正十五（一九二六）年に死んでいる。

焼鳥――井上ひさし『花石物語』

力に屈しない大衆の底力
起源の特定は意外と難しい

東京の大学に入学したものの、東大へのコンプレックスなどから吃音症《きつおん》になった小松夏夫が岩手県の花石に帰省する、井上ひさし『花石物語』。

花石名物は「製鉄所の五本の大煙突」とあるので、花石は釜石のことである。夏夫が帰省すると母は焼鳥の屋台「花石屋」を開く準備をしていた。客の第一号は鶏先生と呼ばれる製鉄所の元庶務係長。その鶏先生が言う。「この『花石屋』の焼鳥は、不味《うまぐねー》い方の横綱《よこぢな》でがァ」「兎に角《とんがく》、此処《こご》のたれにァ、このう、愛想《えーそっーんねー》言うものが無いな」と。

花石でたれがいい店は「徳寿《とくづ》」だと言うので、夏夫はその屋台を見にいくが、そこでは東大の銀杏《いちょう》のバッジをつけた息子が焼鳥を焼いていた。焼鳥を三本買った夏夫が「た、たれの秘密を……」と聞くが、「冗談じゃないよ」と拒まれてしまう。

現代では焼鳥屋のない町は珍しいし、お祭りなどの屋台でも定番だが、その起源の特定は意外と難しいようだ。土田美登世『やきとりと日本人』によると「焼鳥」の表現が室町後期の武士の心得帳『宗《そう》五大艸紙《ごだいぞうし》』に出てくるし、日本最古の刊行料理本『料理物語』（一六四三年）にも「やきとり」の文字が

出てくるが、これらは今の切ったとり肉をいくつか串に刺して焼いた料理ではない。現代の焼鳥にはっきりとつながる料理が文献上出てくるのは明治以降らしい。

　土田も記しているが、松原岩五郎『最暗黒の東京』＝明治二十六（一八九三）年＝に「焼鳥」があって「鳥の臓物を按排《あんばい》して蒲焼にしたる物なり」「香ばしき匂《にお》い忘れがたしとて先生たちは蟻のごとくに鬮《たか》って賞翫《しょうがん》す」とある。最暗黒とは下層生活のこと。「先生たち」は人力車を引く男たちのことだ。

　焼鳥の「たれは店の味を決める」と言われることを土田も記している。弟子にのれん分けするときには、店主がたれを分け与える習わしがあるそうだ。『花石物語』では徳寿の息子・秀一が実はニセ東大生であり、夏夫と同じような母子家庭だった。心が通じた夏夫は秀一の置き手紙から「徳寿の、魔法のたれ壺の処方」を教えてもらうのだ。

　『花石物語』では無銭飲食の客と母が闘う。夏夫も加わり、殴られて気絶する場面が感動的だ。女が一人で店を開くとき、庶民的な屋台の焼鳥屋は適したものだったのだろう。その屋台の店を体を張って守る母の姿に、力に屈しないで生きる大衆の底力が井上によって託されている。

アンコウ鍋——田中小実昌「鮟鱇の足」

性の記憶を喚起
背びれ動かしおびき寄せる

アンコウはグロテスクな姿をしているが、江戸後期の儒学者・頼山陽もアンコウ鍋の美味をフグよりもすぐれていると漢詩に詠んだほどの魚だ。

そのアンコウを書いた短編が田中小実昌「鮟鱇の足」。ぼくの義兄が一昨年、由子さんと再婚した。今、義兄は四十五歳。由子さんは三十一歳。その義兄はアンコウが大好きだ。

由子さんの父親は水戸の弁護士で、アンコウは水戸の名物。「冬は、からだがあたたまるし、うちの父も、アンコウ鍋でお酒を飲むのがすきで、父に付合わされて、あのひとも、すっかり、アンコウが大好物に」と由子さんが言う。義兄の妹夫婦であるぼくたちは義兄の家の一郭に住んでいる。

由子さんから「今晩、アンコウ鍋をしますから、みなさんでお夕食に……」と誘われたのだが、でも九州生まれの妻・麻子は「アンコウなんて、気味がわるい。はらわただかなんだか、ぐちゃぐちゃ、いっしょくたになって、魚屋の店さきにおいてあるのを見るだけでも、ゾッとするわ」と言う。

麻子は義兄の再婚まで一緒に暮らしていた。麻子は由子さんに兄をとられてしまったのだ。そしてぼくだけが義兄夫妻にアンコウ鍋をごちそうになっていると、その場にはいない若い女の声が頭の中

に聞こえてくる……。

アンコウは形態だけでなく、その習性も特異。末広恭雄『魚の博物事典』によると、アンコウは英語ではアングラー・フィッシュ（釣人魚）という。前のほうが離れ離れに糸のような形をしている背びれを動かして餌虫のように見せ、他の魚をおびき寄せて食べる。これが深い海で、泳ぎも上手ではないこの魚が生息できる理由だ。餌に困ると海面まで浮上して海鳥まで食べる。何でも腹に蔵してしまう悪食だ。

「鮟鱇の足」の題はアンコウの腹部に、ひれのようなものが左右に足のごとくとびだしていて、人の指みたいに見えることから。先には爪とそっくりなものがついている。

そのアンコウの足の爪から、ぼくが大学に入ったころ、新宿西口の線路ぎわ路地にあった今川焼きの屋台にいたアキという十七、八歳の女の、その足の指を思い出していく。性にかかわる記憶だ。あの若い女の声はアキのことだろうか……。

深海にすむアンコウは不思議な魚だが、日ごろ心深くに隠れていた不定形な記憶、ぐちゃぐちゃとした想像の性の世界を喚起する食べ物として作中にあるようだ。

おでん――向田邦子『きんぎょの夢』

商売と家庭の妻との中間に
幕末から江戸っ子の人気

向田邦子原作の『きんぎょの夢』は、東京・有楽町で小さなおでん屋を営む砂子の悲恋物語。砂子は父の死後、ＯＬを辞め、父が勤めていた新聞社近くにおでん屋「次郎」を開業。店名は父の名だ。酔客のあしらいに余裕も出てきた砂子は「あたしって水商売に向いているのかしら……」と思う。すると「もの哀しい気分になる」。今も素人っぽい砂子には結婚へのあこがれもあるのだ。

その砂子の恋の相手は父と同じ会社の週刊誌編集部に勤める殿村良介。校了の日は殿村に「おでんと茶めしにおしんこ」を砂子が出前する……。

「おでん」は田楽の女房詞《にょうぼうことば》。最初は豆腐を切って竹の串にさして炉端に立てて焼き、唐辛子味噌をつけて食べた。田楽の名は炉端に立てた姿が田植えの際に田舞《たまい》を舞う田楽法師に似ていたから。

奥村彪生『日本料理とは何か』によると、寛永（一六二四～四五年）に大阪四天王寺・庚申堂では「蒟蒻の煮込田楽」が人気だった。また岡田哲『たべもの起源事典　日本編』によれば、幕末になると煮込みおでんが江戸っ子の人気になった。今、関西でおでんを「関東炊き」というのは関東大震災後に東京から移住した料理人が売り出したから。この関東炊きは関西風おでんとなって、震災から二年後に

は東京へ逆流入している。

「次郎」の砂子の前に、殿村の妻・みつ子が来店。「お豆腐とスジと大根」を注文。「いつも主人……この三つなんでしょう」と言う。食べたみつ子は「おだしはなんなの、教えてちょうだいよ」と迫る。砂子が「こんぶとかつおぶしと……あとはお酒を少しフン発」と正直に答えると「じゃ、うちのと同じだわねえ」とみつ子は言う。評判の悪妻だ。

夜、帰宅すると砂子の妹の夫がホステスと浮気中とか。砂子は「水商売の女がみんなワルで自堕落で、普通の奥さんのほうがチャンとしてるとは限らないのよ」と言う。

そしてみつ子からの電話で、風邪で休んだ殿村のために自宅へのおでんの出前を頼まれる。出前した砂子がそこで見たのは殿村夫妻の修羅場だった。「殿村さんと奥さんて……別れられないのよ。きっと死ぬまで」との捨てぜりふを残し、砂子は殿村の家を後にするのだ。

砂子にとって、普通の家庭でも楽しめる料理である「おでん」を売る商売は、水商売と家庭の妻との中間にあったものだったのだろう。

サンドイッチ——森敦『浄土』

日常の食卓から離れても片手で食事ができる

大正から昭和初期にかけてソウルに在住した森敦に『浄土』という作品がある。森はソウルの鍾路小学校に通っていた。鍾路の名は李朝時代の古い鍾堂があったからで、森は学校の行き帰りに鍾堂をよくのぞいていた。

そして同じ小学校の大谷という女の子から、ワラビ取りに行きたいので「あさっての日曜日の十時、敦ちゃんのいつも見ている鍾堂の前でね」と誘われる。「きっと吉川さんも来る」「お弁当はわたしたち二人で持って来るから」と言うのだ。

その時刻に鍾堂に行くと、吉川さんが小さなバスケットを提げて立っていた。しばらくして遅れてきた大谷さんが「おなじようなバスケットを提げて走って来、『ごめんね』と、言って笑った」。

東大門を過ぎると、青草の野原となり「青草に覆われた土饅頭が見えて来た」。土饅頭は土を盛った墓。そこで女の子たちがバスケットを開くと、どちらも持ってきたのはサンドイッチで、皆で楽しく食べ始めたのだ。

このサンドイッチという食べ物は十八世紀英国のサンドイッチ伯爵がトランプ賭博に熱中、食卓に

つく時間を惜しみ、コールドビーフを挟んだパンを手づかみで食べたのが始まりとの話は有名だ。

でもビー・ウィルソン『サンドイッチの歴史』によると、サンドイッチ伯爵がギャンブラーとの話は根拠に乏しい。海軍大臣二度、郵政大臣一度、閣内相二度の政治家で、サンドイッチを片手で食べながら空いた手で本をめくったり、書類にサインできたりするので愛好したらしい。日本には明治初期に来日した英国人から伝わったようだ。

『浄土』では森が大谷さんたちとサンドイッチを食べていると「微かに慟哭の声が聞こえる」。大谷さんは「ここお墓でしょう。こっちのひとはお墓参りのとき、ああしてみんなで泣いて上げるのよ」という。見れば土饅頭の向こうで、チマ・チョゴリの女たちが踊っている。「唄も聞こえるじゃないの。まるでお浄土のようね」と言う。

年をとった森が亡くなる前の大谷さんと再会。彼女は西本願寺につながる家の人だった。墓の話に詳しいのもそのせい。再会した大谷さんは森と両手を握って「一期一会ですね」と言うのだった。

サンドイッチはピクニックのお弁当などにも活躍。日常の家の食卓から離れても食せるもので、「お浄土」のような世界で食べるのにも適した食べ物なのだろう。

納豆――野村胡堂『食魔』

美声に釣られて五年食べる
日常の風情を出すのに活用

『銭形平次捕物控』で著名な野村胡堂の奇譚小説『食魔』に納豆を五年も食べた詩人が出てくる。伯爵の海蔵寺三郎の夕食会に集まった人たちが食にまつわる思い出を話す物語だが、詩人・江守銀二が「私は、あの臭い納豆を五年間、盛夏の一二ケ月休むだけで絶対に食べ通したことがあります」と話す。それは「美しい呼売の声に釣られて」呼び寄せて納豆を買った、かれんな少女が、感心な孝行娘であったことを、翌日の新聞記事で知ったことが契機だった。

少女は十二、三歳。「私」は大学を出たばかりの貧しい文学青年だったが、美声の少女の顔が、十何年後の今も忘れることができない。やがて孝行娘でかれんな納豆売りは姿を現わさなくなったが、以後四年間、毎朝納豆を買って食べたという。

続いて実業家・林敬五郎、フランス帰りのソプラノ歌手・松尾葉子らが立ち、食について話した。

この糸引き納豆の発祥伝説地は多い。有名なのは源義家が後三年の役（一〇八三～八七年）の際、村人から献納された豆が馬の体温で糸を引くようになったものを食べたとの説が秋田県横手市に伝承され、同市内に納豆発祥の地の碑もある。また光厳法皇（一三一三～六四年）が京都市の常照皇寺《じょうしょうこうじ》に暮

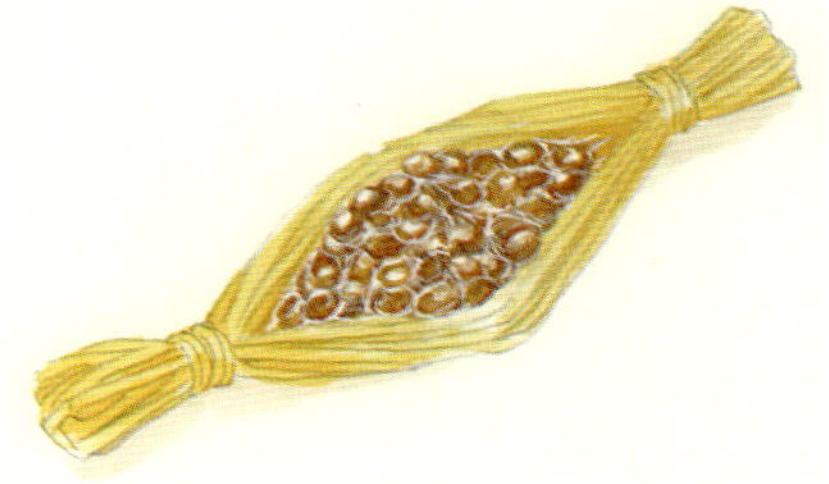

らした際、村人がわらに煮豆を入れて献上したら糸を引くようになったとの説。さらに聖徳太子説、加藤清正説、伊達政宗説、豊臣秀吉説も。

石塚修『納豆のはなし』は源義家説など、馬との関連性で「飼い葉」としての稲わらと納豆の深い関係を指摘している。

千利休が茶会での懐石として秀吉に納豆汁を出した記録もある。わび茶は飾り立てる世界を打ち消し、さりげない世界にひたるもの。「納豆は日常の風情を出すのに活用されたのかも」というのが石塚の推測だ。納豆はこうじ菌発酵の塩干納豆と納豆菌で発酵させる糸引き納豆があるが、『日葡辞書』＝慶長八（一六〇三）年＝をみると糸引き納豆の納豆汁が普及していたことが分かるので、利休が秀吉に供したものも、この納豆汁のようだ。

『食魔』の最後、精神がおかしくなった伯爵が短剣を持ち、ソプラノ歌手・松尾葉子に迫る。この危機を江守銀二が救うのだが、すると葉子は、実はあの「美しい呼売の声」の少女だったことが明かされる。納豆という日常食とフランス帰りのソプラノ歌手が結びつかない。その意外性を巧みについた物語だ。

銀シャリ——色川武大「大喰いでなければ」

飢餓時代に喰べたおいしさ
白米主食は飛鳥時代から

色川武大のエッセイ集『喰いたい放題』に私小説ふうの「大喰いでなければ」という作品がある。そこで色川は父から受けついだ「米の飯」の大喰いぶりを書いている。

その大喰いが半端ではない。父は満九十六歳まで生きたが、八十代のなかばまで、朝昼晩、一日三回、ドンブリに二杯ずつ、米の飯を喰《た》べた。八十何歳で定量が維持できなくなり、「もう駄目だ」と言い暮らしたが、でもドンブリてんこ盛りで一杯ずつ一日三回、死ぬ前年まで喰べ続けたという。

息子の色川は大手術が二度続き、半年入院。退院時には二十キロ痩せて六十五キロとなり、「今の体重が限度」と、主治医から太らないように言われる。

退院前後は仕事にすぐ戻れないので遊んでばかりいたが、そんな時、古い友人が来て、新宿辺りに出かけて行く。旧知のママのやっている店に行くと、ママと店の女の子が食事をしていたので「俺もちょっと、その飯、欲しいな」と友人が言ったのがきっかけだった。

最初、色川は黙って眺めていたが「俺も喰べてみようか」と思い、ドンブリに軽くよそってもらった。そのうち友人が「お代り」と言う。なにくそとばかりに色川も「お代り」。また友人が「お代り」。

「しばらく抑えていた血がかきたてられた」色川も「お代り」。結局、店の飯を二人で喰べつくし「一杯の酒も呑まずにその店を辞して」帰宅したという。色川は「つくづく、親父に似てきたな」と思うのだ。

奥村彪生『日本料理とは何か』によると、白米が主食になったのは飛鳥時代（五九二～七一〇年）。古代日本人は玄米を食べていたと考えがちだが、完全な玄米ができるようになるのは江戸中期。もみすり機が中国から伝わってからという。「めし」は「召し上がるもの」の意。「こめ」について、民俗学者・柳田国男は稲の神霊が「こもる」の語源を考えている。

色川は『喰いたい放題』の「あとがき」で「一番印象に残っているのは、敗戦前後の飢餓時代に、たまに口にすることのできた銀シャリだった」と記している。父の「ドンブリの盛り切り飯」が習慣となったのも戦争中の食糧不足時代。喰いしんぼうの原点は、飢餓時代に食べた銀シャリのおいしさだった。それは父とつながる味でもあった。

なお「シャリ」は仏教用語で遺骨の意味の「舎利」。「形が似ている」ことから米粒の意味となったという。

きしめん――清水義範『蕎麦ときしめん』

個人と社会が混然一体
碁石状の麺から平打ち麺へ

『蕎麦ときしめん』はパスティーシュ（模倣）文学の第一人者・清水義範の出世作。六年前に東京から名古屋に転勤した「鈴木雄一郎氏」が見聞し、記した名古屋人論を地元の地域雑誌に載せたという珍論文「蕎麦ときしめん」。それを名古屋出身で東京在住の清水が紹介するという設定だ。

例えば、新幹線で名古屋に来て、駅前でタクシーを拾い「〇〇へ行って下さい」と言ったとする。すると運転手は不機嫌そうに車をスタート。正しい名古屋弁は「〇〇へ行ってちょ」なので、よそ者をすぐ見抜くのだ。

運転手の機嫌をとろうと「中日は強いねえ」と言うと、「あんなもんいかんわ。選手がみんな馬鹿だで」と応える。だがその意見への同意は禁物。「采配が悪いねえ」などと言おうものなら運転手は急に不機嫌になり、とんでもないところで「こっから先は歩いてちょ」と降ろされることになりかねない……。

そんな名古屋人の主食が「きしめん」だ。「これはうどんの一種だが、麺が異常に平べったく、ちょうどさなだ虫のような形状をしているものである。そのさなだ虫の大群の上に、ほうれん草が少し乗っていて、お汁がどっぷりとかけてあり、更にその上から、花かつおをぶちまけた、という恐るべ

き食べ物である」

この「きしめん」は塩を加えずに打つ麺で、ほうとうの仲間。岡田哲『たべもの起源事典　日本編』によると、中国の農書『斉民要術《せいみんようじゅつ》』（五三一～四四年ごろ）に碁石状のきしめんがあり、後に麺線状にかわったという。

日本の「きしめん」の名は諸説あるが、室町ごろに書かれた初等教科書『庭訓往来《ていきんおうらい》』に「碁子麺」がある。小麦粉の生地を薄く延ばし、竹筒で碁石状に打ち抜いたものと思われる。最初は碁石状の碁子麺が後に短冊型の平打ち麺になったようだ。

「蕎麦ときしめん」によると、蕎麦はざるに乗り、汁から隔離されている。個人（麺）が社会（汁）とかかわる場合には必要最小限でかかわる。だから蕎麦に汁をほんの少しだけつけて食べる。東京人は、個人が尊重される社会なのだ。

対して、最初から汁にどっぷりつかる「きしめん」は名古屋人そのもので、個人は社会の中に完全に埋没している。混然一体の関係の上に花がつおをぶちまけ、事態の本質をうやむやにごまかしているという。果たしてどうだろうか。名古屋人に聞いてみたい。

梅干——庄野潤三「佐渡」

その日一日の無事を祈って
オールマイティーの家庭薬

庄野潤三の「佐渡」はラジオの朝番組で「生活の味」の題で三日間話す物語。そこで、私は好きな食べ物について話す。最初は「梅干」の話だ。

戦争中の「大詔奉戴日《たいしょうほうたいび》」には前線将兵の苦労をしのんで小中学校の生徒は弁当箱の真ん中に梅干一つだけのせた日の丸弁当を持っていった。また小学生のころ、風邪をひいて学校を休むと母が梅干を持ってきて「いくつ食べてもいいからお上り」と言ってくれたことなど、昔の思い出を話す。

そしてある時、風邪をひき「熱いお茶の中に梅干を入れて、大根下《おろ》しを入れまして、その上から醤油を少し垂らして」かき混ぜて飲むと、何とも香ばしくておいしく気持ちが静まった。以来風邪をひくと「あれで行こう。梅干と大根下しだ」となり、ついには梅干作りを自宅で始めたという。

梅は中国原産のバラ科サクラ属の落葉小木で、薬木として奈良時代に渡来した。平安時代の永観二(九八四)年の医学書『医心方《いしんぽう》』にも、その薬効が説かれており、また酢や醤油の醸造前は塩とともに調味の根本をなしていて、「塩梅《あんばい》」の言葉として今に残っている。

小泉武夫『江戸の健康食』によると、梅干の強い酸味は主にクエン酸で、整腸・食欲増進・殺菌作

用などに効果がある。弁当などに入れれば防腐の効果もある。梅干に赤い色を付けるシソなども鎮咳《ちんがい》・健胃・解毒の薬効がある。梅干は日本人の「オールマイティーの家庭薬」と小泉は言う。

小説「佐渡」では放送後、佐渡に住む七十七歳の浦部《うらべ》怡斎《いさい》さんから手紙がくる。浦部さんは梅干を四十数年来、朝、食事前に一個は食べるという。最近は脳出血の予防のために食べているとあった。

浦部さんが五十五、六年前に軍隊に入った際、行軍時、梅干を食べさせられた。感染症予防だった。そのことから、私も行軍前に梅干を食べさせられたことを思い出す。そして「その日一日、無事であるようにと願う気持から」梅干を食べているという浦部さんの気持ちが「私の心にふれた」のだ。

その手紙に誘われ、私が佐渡を訪ねる話が小説の後半。その最後「明日はまた明日として、どうなるか分からんが、先生もひとつ身体を壮健にして、また佐渡へ」と言って、浦部さんがつえを持って去っていく。「その日一日、無事であるように」と願い、梅干を食べるという浦部老人の言葉が同時に響いてくるラストだ。

ごり汁——室生犀星『魚眠洞随筆』

幼い日々の哀歓に通じる魚
金沢名物のカジカ料理

「ふるさとは遠きにありて思ふもの　そして悲しくうたふもの」

室生犀星『抒情小曲集』の名高い詩だ。続けて「よしや　うらぶれて異土の乞食《かたゐ》となるとても　帰るところにあるまじや」とある。大正十二（一九二三）年十月一日、その犀星が家族を連れて古里金沢に帰る。この帰郷は前月一日、犀星が暮らす東京を関東大震災が襲ったからだ。しかも長女・朝子が八月二十七日に生まれたばかりだった。

その犀星が金沢滞郷時代に書いた『魚眠洞随筆』に「川魚の記」がある。「うぐい」「あゆ」「ふな」など多くの魚が書かれているが、そこに金沢の名物料理である「ごり」のことが出てくる。

「ごりは一寸から二寸くらいしかない。あたまの大きい肌のくろい奴《やつ》ほどうまい。かじかというのが、一番いい」

犀星は「鮴《ごり》屋」という川料理屋で、昔、見たことのある女性店員と出会う。その店員に「ごり汁をさきにたのむ」。その「ごり汁というものは淡《あっ》さりとしてなかなかよい。牛蒡《ごぼう》をすだれに裂いたのをあしらい、れいの一寸くらいの肌のくろいかじかが琥珀《こはく》色のおみおつけの中を泳いでいる」と書いている。

女店員のほうも「春、いま時分が、一番いいんだそうでございます。水もよし、子ももっているようですから」と話す。

ごりはカジカ科の魚だが「ハゼ科のあるものと産所・生態が共通するので、地方により呼名も本質も混同される場合多い」と本山荻舟『飲食事典』にあるし、末広恭雄『魚の博物事典』にも「金沢名物の〝ゴリ料理〟は、カジカの料理」だが「ゴリはふつうハゼをさす」とある。ごりを取る際、川底にむしろを敷き、そこへごりを押し込むようにして取ることから「ごりおし」という言葉が生まれたとの説もある。

犀星は金沢を流れる犀川の西に住むので犀西から名づけた。「川魚の記」も犀川の魚ばかりだ。「山椒魚ほどみにくくはない。しかしあれをずっと小さくしたものと言っても、間ちがいなかろう」とごりを記している。

その小さき生きものの命と姿を見て、犀星は自らの生い立ちを振り返り物思いするのが常だった。「長い己れの春夏の、さまざまの日の遊び心の、ときには楽しく又《また》悲しかったころを思い出すのである」と書いている。ごりは犀星にとって、貧しく幸せとは言えなかった幼き日々の哀歓に通じる魚なのだろう。

蒲鉾——夏目漱石『吾輩は猫である』

日本の素晴らしい知恵の塊 ハレの日の祝い事で食べる

夏目漱石の最初の小説『吾輩は猫である』に何回も蒲鉾が出てくる。

吾輩の主人のもとに、寒月君が年賀のあいさつに来る。寒月君は一昨夜、バイオリンとピアノの合奏会をやり、そのうち二人は「去る所の令嬢」だなどと話す。その寒月君が「口取《くちとり》の蒲鉾を箸で挾んで半分前歯で食い切った。吾輩は又《また》欠けはせぬかと心配したが今度は大丈夫であった」とある。

寒月君は物理学者、随筆家の寺田寅彦がモデル。寺田は漱石の熊本五高教授時代の教え子だった。

口取とはハレの料理の最初に出す盛り合わせのこと。

寒月君が「御閑《おひま》なら御一所《ごいっしょ》に散歩でもしましょうか、旅順が落ちたので市中は大変な景気ですよ」と誘う。主人は旅順陥落より寒月君の女連れの身元を聞きたいふうでしばし考えていたが「それじゃ」と立つ。その両人外出後「吾輩は一寸失敬して寒月君の食い切った蒲鉾の残りを頂戴《ちょうだい》した」。

蒲鉾は魚肉をすりつぶして塩、砂糖、酒、その他の調味料を加えて加熱固成した食品。原料も当初はナマズやコイが主だったが、江戸時代の『本朝食鑑』ではタイ、アマダイ、ハモが最もよいとされ、さまざまな魚肉の適応性が検討されている。

細い竹などにすり身を塗って焼き、形が蒲《がま》の穂に似て、蒲鉾と命名されたが、その後、板に塗って焼いたり蒸したりする板付きが蒲鉾となり、本来の蒲鉾は竹輪《ちくわ》の名に。

寒月君はある所でシイタケの傘を前歯でかみ切ろうとして歯が欠けてしまった。さらに蒲鉾を前歯で食い切ったので、吾輩はまた歯が欠けないか心配なのだ。

軟らかい魚肉がプリンプリンの歯ごたえになるのは、魚肉に塩を混ぜると、タンパク質の一種のミオシンが分子間に架橋して固い組織を形成するから。岡田哲『たべもの起源事典　日本編』はそれを説明し、蒲鉾を「日本人の素晴らしい知恵の塊」と記している。

寒月来訪を描く第二章の書き出しは「吾輩は新年来多少有名になった」。これは同作が明治三十八（一九〇五）年一月号「ホトトギス」に読み切りで掲載されたが、好評で二章以下が連載された故。

寒月君に蒲鉾が出されたのは、めでたい正月などハレの日の料理だったからだ。「紀文食品」のホームページによると、蒲鉾は「日の出を象徴」する食べ物で「明治から大正にかけては、裕福な都市民の間で、正月をはじめとする祝い事」の時に食された。

蒟蒻の油いため——宇野千代『残っている話』

故郷に残る素朴な味
六世紀ごろ日本に伝わる

宇野千代『残っている話』は自伝的小説を集めた作品集。表題作は家のルーツを取材する話だ。宇野の故郷は周防国、山口県岩国。その取材で泊まった宿の夜食に「蒟蒻《こんにゃく》の煮たのと、小さな干魚の煮たの」がでる。

「蒟蒻も鍋でいびって醤油味をつけたものに、多少の唐辛子がぴりぴりと這入っている。何とも旨い惣菜である」と宇野は記している。さらに「この宿の、この素朴な一た品の味は、何とも有難かった」とも加えている。

「蒟蒻」はサトイモ科に属するコンニャクイモに石灰乳（アルカリ）を混ぜ、ゲル化させて、固まらせたもの。原産地はインドシナ・中国南部辺りといわれ、日本へは六世紀ごろに、薬用として中国から伝わった。朝鮮からとの説もある。鎌倉期に禅寺の料理に取り入れられ、江戸の元禄年間には、蒟蒻の田楽が創作され、庶民の食べ物になっていったという。

宇野の『残っている話』にはもう一度、蒟蒻が登場する。宇野の家の祖先は周防国、玖珂《くが》の鞍掛山《くらかけやま》の城主、杉隆泰の家老だった宇野筑後守正常。戦国時代が始まろうという頃、主君の杉隆泰が毛利な

どの二万の軍勢に囲まれたが、味方はわずか三千ゆえに落城。藩主とともに筑後守も切腹したと宇野は書いている。

宇野が鞍掛城の跡を見に行き、文献を調べながら自らのルーツをたどる。無事取材を終え、出立の支度をしていると「お土産です」と言って、宿の人が経木《きょうぎ》に包んだものをくれるのだ。「ぷうん、と好い匂いがする」。宇野が開けると昨日の夜食に出た「蒟蒻の油いためと、小さな干魚の煮たのとが詰め合わせてあった。「この町を歩き廻った私のために、これは最後の心尽しと言うものであった」

その素朴な蒟蒻の料理は、鞍掛城主の家老が亡くなった後も、その地に〝残っている味〟ということなのだろう。

料理の達人、宇野の著書『私の作ったお惣菜』に「こんにゃくの田舎煮」があるので紹介しておこう。蒟蒻を手でちぎり、ゆでてから水を切る。その後、鍋に入れて、からいりして完全に水気を飛ばしてから、ごま油で炒める。酒、醤油、化学調味料の順に入れ、煮汁がなくなる手前まで煮続け、最後に粉状のかつお節を加えて、粉がつおが蒟蒻の表面を覆えば出来上がり。好みで醤油と一緒に一味唐辛子を加えてもいいとか。

根深汁——池波正太郎『剣客商売』

質素な料理がきっと好き
神前に供える大切な野菜

池波正太郎『剣客商売』冒頭の「女武芸者」は老剣客・秋山小兵衛《こへえ》の息子である大治郎を描く場面から始まっている。「巌のようにたくましい体軀のもちぬしなのだが、夕闇に浮かんだ顔は二十四歳の年齢より若く」見える。

そこへ「台所から根深汁《ねぶかじる》(ねぎの味噌《みそ》汁)のにおいがただよってきている。このところ朝も夕も、根深汁に大根の漬物だけで食事をしながら、彼は暮らしていた」のだ。その後も同シリーズに何回も根深汁は登場する。

このネギはユリ科で、本来「葱《き》」と呼ばれ、根を食用とするので、「葱《ねぎ》」となった。日本では八世紀ごろに中国から渡来して、古くから栽培され、『日本書紀』にも「秋葱《あきき》」の記載がある。

天皇の即位礼の大嘗会《だいじょうえ》に神前に供える神饌《しんせん》の一つで、とても大切な野菜だったが、逆に仏教では食べることを禁じられた。辛みのあるネギ、ニンニク、ニラ、アサツキ、ラッキョウなどを五辛《ごしん》と言い、色欲や怒りの心などを刺激、助長するとされたのだった。

だがネギは一般でも早くから食されるようになったようだ。江戸初期の『料理物語』(一六四三年)に

は「ねぶか汁　味噌を濃くしてだしを加え、一塩の鯛を入れるとよい。すましにも仕立てる」とあり、江戸中期あたりから重要野菜として各地で栽培されるようになった。関東では白根の多いネギを好み、関西では白根と青葉の併用を好む。

『剣客商売』ばかりでなく『鬼平犯科帳』シリーズの長谷川平蔵も根深汁が大好き。佐藤隆介編『池波正太郎・鬼平料理帳』で、平蔵が日常食べるものだって「きわめて質素なものなんだ」と池波が語っている。さらに「だいたい自分が普段やっていることを時代小説の食べものに使っているんですよ」とも。

人気シリーズ『剣客商売』の最初に出てくる料理が根深汁。そんな質素な料理を、きっと池波は好きだったのだろう。

その池波流の根深汁の作り方を池波の『剣客商売　庖丁ごよみ』から紹介しよう。

ネギは煮くずれないように輪切りにする。水と昆布を火にかけ、細かい泡が出たら、昆布を取り出す。煮立つ前にかつお節を入れ、一煮立ちしたら火を止め、あくを取り、こす。このだしで味噌をのばし、裏ごしした味噌汁が煮立ったら、ネギを加える。煮すぎると苦みが出るので注意。ネギの白い部分に火が通ったら出来上がりだ。

焼き蓮根——吉本隆明・ハルノ宵子『開店休業』／角田光代「れんこん哲学」

少年の頃の大好物
食用栽培は十六世紀以降

「少年の頃、ごはんのおかずとして三本の指に数えるほどの好物が『焼き蓮根《れんこん》』だった」と吉本隆明が食エッセイ集『開店休業』で書いている。

母がこんろに餅焼き用の網をのせ、蓮根をひと節ずつ、芯に火が通るほどに焼く。蓮根から湯気が立っている間に「薄く輪切りにし、そのまま醤油をたらして、ごはんのおかずとして食べるのがいい」という。さらに細かく蓮根を刻み、温かいごはんにのせて醤油味で食べるとまたおいしい。

吉本の長女で、この連載の挿画を描いたハルノ宵子は『開店休業』の共著者。ハルノも「蓮根は焼くと甘みも増し、さらに細かく刻むとねっとりとねばり気も出て」おいしさを増すと記している。

ハスは泥中から伸びて、盛夏のころに水面に紅白の見事な花を咲かせる。ハチスの名もあるが、これは花が散った後、蜂の巣状に果実を結ぶためとの説がある。泥沼に汚れず美しい花を咲かせることから、極楽の池に生ずる清浄なものとされ、ハスを仏像の台座のデザインに使うなど仏教との関係が深い植物である。

その地下茎が蓮根だ。ハスは八世紀ごろに中国から伝えられ、寺社の池に移植されたという。だが

遺跡から出た二千年前のハスの実が見事に発芽成育するなど、日本のハスの起源はより古いもののようだ。食用の栽培は十六世紀以降である。

吉本は、数え十七、八歳の旧制高等工業学校生のころも「母の留守を狙って自分で焼き蓮根をつくり、味を覚え込んだ」ようだ。その吉本の食べ物のおいしさの理論は〈料理の味は思い出に関わっている部分が大きい〉というものである。

でも焼き蓮根の味は〈思い出に関わっている部分〉だけでもないみたいだ。角田光代の食エッセイ集『今日もごちそうさまでした』に「れんこん哲学」なる一文がある。

角田が友人宅に行ったら「れんこんをただ焼いて塩したものが登場した」「なんにも思わずこれを口に入れて、のけぞった。うまかったのだ。つい、言っていた。『れんこんなのに、うまい！』」

角田が感動した焼き蓮根は、少し厚めに切った蓮根の両面に軽く片栗粉をまぶして、オリーブオイルで、ゆっくり焼いていくというもので、吉本家とはちょっと異なるが「かんたんで、はっと目を見開いてしまうほど、うまい」と、角田も証言している。

鮭缶の雑炊——吉行淳之介『焔の中』

戦争体験とつながる食べ物
日本缶詰史で特別に輝く

一九四五（昭和二十）年五月二十五日夜、米軍の爆撃機B29による東京への大空襲で、吉行淳之介の市ケ谷駅近くの家も全焼した。その空襲前後のことを書いた吉行の連作長編に『焔の中』がある。「僕」が焼けた家の土台石に座っていると、最近、知り合った娘がバケツを持って立っていた。「坂の上の小学校が、地下室に鮭のカン詰をぎっしり詰めこんだまま焼けてしまったの。みんなバケツを下げて拾いに行っているのよ。一しょに取りに行かない」と誘う。

何日か後、安否を気づかい友人が訪ねてきたので、娘と一緒に拾ってきた缶詰を開け、労をねぎらった。「鍋の中に、カンヅメの鮭を入れて雑炊にする。焼けたカンヅメは貯蔵用にならぬので、惜しみなく幾つも蓋《ふた》を開ける。この年で、最も贅沢《ぜいたく》な食事をした期間が、この罹災《りさい》後の数日間であったのは、皮肉なことだ」とある。友人も鮭缶の雑炊を「貪《むさぼ》り喰《た》べた」。

小泉武夫『缶詰に愛をこめて』によると、一八七一（明治四）年に長崎で松田雅典がイワシの油漬け缶詰を作ったなどの記録がある。だが一八七七年に「北海道開拓使は石狩に官営缶詰工場を設立」してサケ、マス缶詰の製造を行った。「サケ缶は、日本缶詰史のなかでも特別に輝いている」のだ。

その缶詰技術の開発は十九世紀初頭、ナポレオン帝政期のフランスで軍用に開発された瓶詰に始まる。ブリキの缶詰の誕生は一八一〇年前後。その十年後には米国に技術が伝わり、南北戦争（一八六一～六五年）で飛躍的に発展。日本でも日清戦争勃発（一八九四年）で需要が急増するなど、缶詰の普及に戦争が大きく関係している。

『焔の中』は一九五六年刊だが、吉行は「鮭ぞうすい製造法」という掌編も一九七七年に書いている。

「彼」が「鮭の雑炊を食いたくなった」と再婚した十七歳下の妻に言う。「鮭のカンヅメを開けて、冷たい飯と一緒に鍋に入れればいい」と加えるが、できた雑炊は生臭くて食べられない。昔、食べたのは、ひどくうまかったが「もっとも、あれには金がかかっていた。そうだなあ、一杯一億円くらいだったか」と、年の離れた妻に言うのだ。

つまりビルの地下室に鮭缶を詰めこみ、爆撃機で上空から焼夷弾を一山落とす。そのまま十二時間ほど缶詰を蒸し焼きにする……。それを開くと生臭さが全く消えている。吉行にとって、戦争体験とつながる食べ物が鮭缶の雑炊なのである。

サクランボ――太宰治『桜桃』

悲痛な逆説で人生の深奥を栽培に手間がかかる日本

一九四八（昭和二十三）年六月十三日、太宰治は愛人の山崎富栄と玉川上水に入水。くしくも三十九歳の誕生日にあたる六月十九日に遺体が見つかった。太宰は直前の五月に短編「桜桃」を発表しており、翌年六月十九日から「桜桃忌」が始まっている。

「子供より親が大事、と思いたい」。その『桜桃』の冒頭だ。「私」の「長女は七歳、長男は四歳、次女は一歳」。「次女におっぱいを含ませながら」妻は、私に向かって「この、お乳とお乳のあいだに、……涙の谷」と言う。子供たちの母も父も精いっぱい、一生懸命に生きているのだが、夫婦ゲンカがやりきれない。私は黙って家を出て、酒を飲みに行くのだ。

その場所で桜桃、サクランボが出た。「私の家では、子供たちに、ぜいたくなものを食べさせない。子供たちは、桜桃など、見た事も無いかも知れない。食べさせたら、よろこぶだろう。父が持って帰ったら、よろこぶだろう。蔓《つる》を糸でつないで、首にかけると、桜桃は、珊瑚《さんご》の首飾のように見えるだろう」とある。

西村幸一ら著『サクランボの絵本』によると、紀元前六五年、ローマ軍の将軍ルクルスが黒海南岸

の都市ケラサスに侵攻した際、その地にあったサクランボの美味を知って種を持ち帰って、ローマで栽培が始まり、欧州各地に広がっていった。米国への導入は十七世紀。

日本の本格的試験栽培の始まりは一八七四（明治七）年。欧州から導入して苗木を育成した。現在よく食べる「佐藤錦」は一九一二（大正元）年に山形県の佐藤栄助が「ナポレオン」「黄玉」の二種を交配して作った。

太宰もぜいたくな食べ物として書いているが、雨の多い日本で育てるには雨よけのビニールハウスで栽培するなど、とても手間がかかるからだ。

『桜桃』の最後、子供たちの「父」は桜桃を「極めてまずそうに食べては種を吐き」、虚勢みたいに「子供よりも親が大事」と心の中でつぶやく。

太宰と同じ青森県出身の長部日出雄は『桜桃とキリスト』でその言葉を紹介。「悲痛な逆説」と記す。発育不良の長男を「父」が「どれだけ心配し、本当は家庭をどんなに大切にしたい」と思っていたか。「自分よりも勿論《もちろん》、子供のほうが大事」という殊勝げな言葉では「とうてい表現できない人生の苦く辛《つら》い深奥の光景が、逆説とアイロニーによって、初めて鮮明に浮かび上がってくる」と指摘している。

ラーメン――長谷川伸『ある市井の徒』

最初に食べた水戸黄門
旨さと廉さと量の多さ

日本人はラーメン大好き。ご当地ラーメンも数々誕生している。だがラーメンの定義は難しい。岡田哲『ラーメンの誕生』によると「中華めん・スープ（正確にはスープとタレ）・トッピングにより構成される、中華風の和食めん料理」。麺にも細麺、太麺、縮れ麺……。スープも醬油、塩、味噌、豚骨、鶏がら……。トッピングに至ってはチャーシュー、メンマ、ネギ、ナルト、のり、モヤシ、ゆで卵、スイートコーン、ニンニク、キムチ……と多種多様。ラーメンは今も進化中だ。

長谷川伸の自伝的長編『ある市井の徒』には「ラウメン」が登場。「新コ」こと長谷川は、明治三十年、四十年代ごろの横浜南京街を描いているが、よく通った「遠芳楼」という店の「ラウメンは細く刻んだ豚肉を煮たのと薄く小さく長く切った筍が蕎麦の上にちょッぴり乗っている」。

小菅桂子『にっぽんラーメン物語』によれば、この「ラウメン」は中国の「山東地方の豚そば」だという。小菅によると「ラーメン」を最初に食べた日本人は水戸黄門（光圀）。長崎から招いた中国人儒学者・朱舜水を光圀が自ら得意なうどんを打ってもてなすと、朱舜水が中国のスープ麺を作って返礼したという。

　奈良期に麺の祖型とされる唐菓子が中国から伝来。以来、日本麺食文化の歴史の中で、そうめん、うどん、そばが生まれた。でもラーメンは遅れて日本社会に入ってきた。
　日本で長く忌避されていた肉食が明治維新で解禁され、動物脂を含む料理に日本人がなじんでいった。だが牛肉に比べ、イノシシ肉に近い豚肉は文明開化的ではなく、当初敬遠されていた。一方、開国の影響で長崎、神戸、横浜に華僑の居留地ができ、中華料理店が日本に生まれていったのだ。
　その中華料理ブームが起きるのは大正期。本格的なブームは戦後だ。チャーシュー（焼き豚）が入る麺料理を好むようになり、脂の多い、こってり味のラーメンもＯＫとなる過程にも日本人の食文化史が反映している。
　手で延ばす麺を拉麺《ラーミエン》と中国で言うことなどから、ラーメンの呼び名が生まれたようだが、支那そば、中華そばなどの名もあった中、昭和三十年代にインスタントラーメンが登場。ラーメンの名が定着した。『ある市井の徒』で長谷川は「ラウメン」について「日本飯屋とは比べ物にならない、旨《うま》さと廉《やす》さと量の多さです」と書いている。

茶粥——矢田津世子『茶粥の記』

女の書くファルス
西日本では普遍的食物

食を巡る小説の代表的作品に矢田津世子『茶粥《ちゃがゆ》の記』（一九四一年）がある。良人《おっと》を失った清子が、遺骨を持って郷里の秋田県五城目町へ引きあげる。明日立つという前の朝、清子は久しぶりに茶粥を炊いて、良人の母と味わう。茶粥は良人の好物だったのだ。

清子の茶粥は、ごく上等の緑茶で仕立てるが「はじめっから茶汁でコトコト煮るよりは、土鍋の粥が煮あがるちょっと前に小袋の茶を入れたほうが匂いも味もずんと上である」というもの。茶袋の入れかげんが難しいが、清子は粥の煮える音でそのかげんをはかる「お粥炊きの名人」だった。

中村羊一郎『茶の民俗学』によると、茶粥は「西日本で普遍的な食物である。中でも奈良茶粥は古くから有名」。江戸初期、寛永二十（一六四三）年の『料理物語』にも「奈良茶」の項があり、近世初頭で、すでに奈良茶粥の名称と料理法が確立していたことが分かる。

『茶粥の記』の清子の良人は区役所の戸籍係で、四十一歳で死亡。役所では食通として知られ、味覚談義が得意だった。聞き手たちもまだ知らぬ味を彼から聞いて、空想の中で舌を楽しませていた。「牡蠣《かき》はなんといっても鳥取の夏牡蠣ですがね」。普茶料理の天麩羅の話も得意で「油で揚げて而《しか》も

油っこくないところに天麩羅の真味がある」と雑誌などに紹介。さらに絶筆となった雑誌にも「忘れられないのは初夏の広島の『白魚のおどり食い』」と記していた。

作者の矢田は坂口安吾との恋愛で著名な作家。『茶粥の記』はその最高作と言われる。終戦前の一九四四年に三十六歳で結核のため死亡したが、葬儀で死に顔を見た川端康成が「きれいですね」と言ったほどの美貌の人だった。

付き合いのあった安吾は「ファルス」（道化）を論じた文章やファルス的な作品「風博士」も評判となった人である。『茶粥の記』の良人は少ない給料で、そんなおいしいものを食べ歩けるわけもなく、清子の茶粥以外は、実はどこかで聞きかじったことや本や雑誌で読んだことを話しているだけの人だった。

食べてない物をいかにも食べたかのように語る良人。つまりこれは「女の書くファルス」であることを近藤富枝『花蔭《はなかげ》の人　矢田津世子の生涯』が指摘している。細やかな情感とファルス。矢田が戦後も生きていれば「どこまでその筆をのばしたかわからない」と近藤は書いている。

カレイの煮付け——梅崎春生「Sの背中」

人間の心理の裏表を表すヒラメと区別は十九世紀から

「左ヒラメに右カレイ」。つまりヒラメは左側が表で目や口もそこについている。カレイは逆に右側が表だ。基本から外れる種類もあるが、ともかくヒラメとカレイは奇妙な姿の魚である。

そのカレイのことが、梅崎春生の「Sの背中」に繰り返し出てくる。蟹江四郎が飲み屋「すみれ」で「鰈《かれい》の煮付け」をさかなに飲んでいる。「表側はすっかり食べ終って、丁度《ちょうど》いま裏にひっくりかえしてみたところ」で猿沢佐介と話になる。

「それは鰈だろう。表が黒で裏が白。魚のくせに裏表があるなんて、奇怪な感じのものだねえ」と猿沢が言うと、蟹江は「仕方がないさ。生れつきだもの」「この魚が大好きだよ。味も良いし、やわらかだし、栄養も豊富だ」と「鰈のために弁護」するのだ。

鈴木晋一『たべもの史話』によると、カレイの語は十世紀には日本で使われていた。形はエイに似て、美味なので、美称として、カラをつけて「カラエイ」となり、それが「カレイ」となったようだ。

一方、ヒラメがカレイと異なる魚と、はっきり認識されるのは十九世紀に入ってのことらしい。

カレイを「王余魚」と書くのは臥薪嘗胆《がしんしょうたん》の言葉で知られる中国の越王勾践《こうせん》が、なますを作った魚の

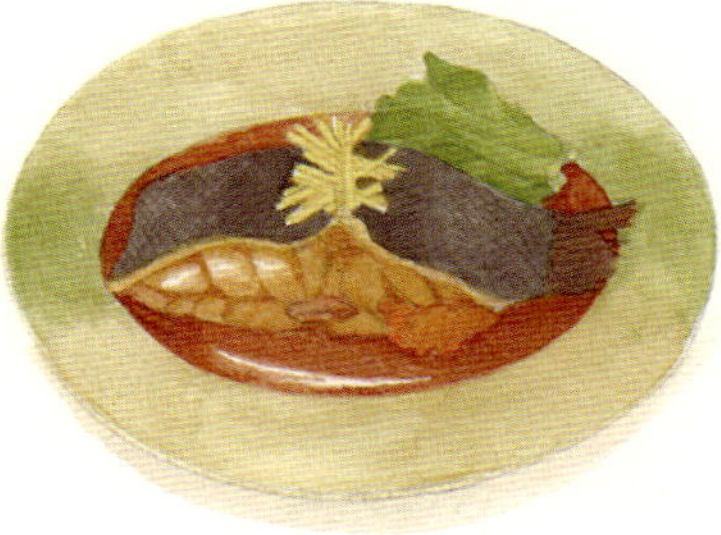

余った片身を水中に捨てたところ、生まれかわって半ぺらだけの魚となったとの話から名づけられた。
「Sの背中」の独身の蟹江は「すみれ」で働く久美子が好きで店に通っている。高給取りではない蟹江は毎日は行けないし、行っても頼むのは「鰈の煮付け」だけ。かたや妻帯者である猿沢は連日来ていて、たくさんのさかなを頼み、久美子とも親しげに話している。
ついに蟹江は猿沢に「僕は久美子さんが好きなんだ。だから君は手を引いて貰《もら》いたい」と申し込み、久美子と結婚する。だが久美子は風邪をこじらせて死んでしまう。その後、久美子の日記を蟹江が読むと「Sを愛している」「あたしはSの背中が好きだ」と記されている。その背中には「小さな茶色の痣《あざ》がある」という。Sは猿沢ではないのか……。そんな気持ちが蟹江に湧いてくるのだ。
人間の心理の裏表を書くことが得意だった梅崎春生。人の愛と憎は表と裏のように一体のものだが、それをカレイという魚がよく象徴している。もちろん猿沢と蟹江は猿蟹合戦の話にも対応した名づけだろう。市井の人の心理の表裏を描いた面白い短編だ。

えびフライ——三浦哲郎「盆土産」

天ぷらヒントの日本の洋食
規格化パッケージ化の先兵

「盆にはかえる。十一日の夜行に乗るすけ。みやげは、えびフライ。油とソースを買っておけ」

そんな手紙が父から来た。盆には帰れないだろうと思っていた父の知らせはうれしかったが、少年は「えびフライ」をまだ見たこともない。

三浦哲郎が、自身の育った東北を舞台にした「盆土産」にそんなことが記されている。一九七九年の発表だが、時代設定はもう少し前だろうか。

父は上野駅から故郷近くの駅まで夜行で約八時間。さらにバスに乗って、帰郷。その間、大量のドライアイスで冷やしながら「冷凍食品　えびフライ」の箱を運んできた。

それには、パン粉をつけて油で揚げるばかりにした大きな車えびが六尾並んでいた。父の揚げたえびを食べると、口の中で「しゃおっ、というような音を立てた。噛《か》むと、緻密な肉のなかで前歯が微《かす》かに軋《きし》むような、いい歯応えで、このあたりで胡桃《くるみ》味といっている得もいわれない旨《うま》さ」がひろがった。

このえびフライは日本発祥の洋食だ。明治五（一八七二）年刊行の日本初の二つの西洋料理本にはえびフライはなく、明治二十年代後半の料理本に、えびフライが登場する。つまり江戸期の天ぷらをヒ

ントに、日本でえびフライが誕生したのだ。

日本人はえびが大好きだが、祝宴などの際に食べられただけで、江戸期までは庶民が普通に食べる食材ではなかった。

だが戦後、一九六一年、えびの輸入が自由化され、冷凍えびの輸入が急増。生産地で冷凍加工したものが、冷凍のまま最終消費者まで運ばれるシステムであるコールドチェーン（低温流通体系）が推進され、家庭の冷蔵庫も冷凍室付きに変わっていった。

「盆土産」の父は自前のコールドチェーンで、えびを運んできたのだ。父はそのえびの大きさについて「これでも頭は落してある」と語っている。えびは調理しやすいように頭を切られ、規格化されていたのだ。調理済みのパッケージ食品として「エビは、その〝偉大な〟先兵なのである」と『エビと日本人』で村井吉敬が書いている。

日本の食品が規格化パッケージ化されて全国に広がっていく時代の姿を東北の人たちを通して鮮やかに描いた「盆土産」。父の休暇はわずか一日半。えびを食べた翌朝、墓参りをして夕方には帰京した。「出稼ぎ」という言葉がまだよく使われていた時代のことである。

カステラ――樋口一葉『にごりえ』

悲劇のきっかけの菓子
ペリーへの料理にも出る

五千円札に顔を残す樋口一葉の代表作の一つ、『にごりえ』の重要場面にカステラが出てくる。源七は、少しは大きな布団屋だったが、銘酒屋「菊の井」のお力のために金を使い果たし、今はボロ屋で女房・お初と子の太吉との三人暮らし。太吉は子供心にもお力がにくいとみえて「鬼々」と呼ぶ。一方、お力は店前を通りかかった結城朝之助とじっこんとなった。

源七の家は、お盆なのに子に「白玉一つこしらへて」やることもできない貧乏生活。そこへ太吉が大袋を抱えて帰ってきて「母さんこれを貰《もら》つて来た」とにっこり。お初が見れば「新開の日の出やがかすていら」。「こんな好《い》いお菓子を誰れに貰つて来た、よくお礼を言つたか」と問えば「菊の井の鬼姉さんがくれたの」と太吉が答える。

つまり源七一家の貧乏を見かねたお力は結城の金で太吉に「かすていら」を買ってやったのだ。

代表的な南蛮菓子のカステラは、安土桃山期の天正年間（一五七三～九二年）ごろに南蛮船で長崎に伝来、長崎では寛永年間（一六二四～四五年）ごろから作られたようだ。

ペリー来航と日米和親条約の際、一八五四年三月八日横浜で、江戸幕府がペリー一行に食事をもて

なした。伝統的な本膳料理だが、米国人の嗜好を考えてか、最後にカステラが出されている。

「あの姉さんは鬼ではないか」。『にごりえ』の源七の女房・お初は「こんな菓子、家へ置くのも腹がたつ、捨《すて》てしまいな」と太吉に言う。さらに「袋をつかんで裏の空地へ」投げ出してしまった。

　そこから激しい夫婦ゲンカとなり、お初は太吉を連れて家を出ていく。そして物語は源七がお力を刃物で殺して自分も死ぬ、無理心中で終わっている。つまらぬやつに見込まれたお力がかわいそうとの声、得心ずくで殺されたとの声もあった。その悲劇のきっかけの菓子が「かすていら」だ。

　お初が裏の空地へ投げた「かすていら」は転がって溝《どぶ》に落ちてしまった。その前にお力が結城に話したこんな身の上話もある。貧乏人の娘・お力が七つの冬に買い物に行かされた帰りに転げ、買った米を溝に流してしまうのだ。「私はその頃から気が狂つたのでござんす」と一葉は書いている。

　なるほどお力は、源七の人生を狂わせた罪を引き受け、得心して死んでいったのかもしれない。そのきっかけにカステラと米が深く関係している物語だ。

鱧の皮――上司小剣『鱧の皮』

大阪の男女を結ぶ郷愁の味
蒲鉾を作った余り物

鱧《はも》は関西の夏を代表する魚。京都の祇園祭は鱧祭とも呼ばれ、大阪では天神祭に合わせて鱧料理が用意される。上司小剣『鱧の皮』には、その鱧が中心に登場する。

大阪・道頓堀でうなぎ屋を経営するお文へ厚い封書が届く。お文の婿で、今は家を出て東京で暮らす福造からだった。内容はお金の無心と「あやまるさかい元の鞘へ納まりたいや」とのこと。ちょうど店にやってきた叔父にも読ませると「ああ、『鱧の皮を御送り下されたく候』と書いてあるで」と笑う。「鱧の皮の二杯酢が何より好物だすよってな。……東京にあれおまへん」とあるのだ。

鱧は淡く上品な味の魚だが、小骨が多いのが難点。それを克服するために、三センチに二十四回ほどの包丁目を入れる「骨切り」の調理法が生まれた。

その小骨が多い鱧は一般の食膳には供されず、主として蒲鉾の材料となったが、蒲鉾には「皮を要しないので、いわば一種の廃棄材料として一般家庭に普遍した」と本山荻舟は『飲食事典』に記している。さらに「大阪人のむしろ郷愁にさえなって『鱧の皮』と題する有名な小説もある」と。

『鱧の皮』のお文は、夜十時を過ぎて、店が閑《ひま》になると、孫を連れて店に来ていた母に帳場を任せ、

「善哉でも喰《た》べに行きまひょうかいな」と叔父を誘って、にぎやかな道頓堀の通りに出る。

二人は法善寺横丁に入り、善哉屋の前に出た。後の織田作之助『夫婦善哉』でも知られる場所だが、お文は善哉屋でなく、小料理屋に入っていく。

酒を飲みに行くのでは母が怒るので、善哉屋に行くと言ったのである。夜半をよほど過ぎて、小料理屋を出たお文が「私《わたえ》、ちょっと東京へいてこうかと思いますのや」。夜行で行って、明くる日の夜行で帰るから、叔父に帳場に座っていてほしいと頼むのだ。

お文は叔父を終夜運転の電車に乗せて帰してから「道頓堀でまだ起きていた蒲鉾屋に寄って、鱧の皮」を買う。自分の店に帰ったお文が「鱧の皮の小包をちょっと撫《な》でて見て、それから自分も寝支度にかかった」の言葉で小説が終わっている。

大阪の女と男の宿命のような関係を、大阪人の郷愁を呼ぶ鱧の皮という食べ物を通して描いた小説。大正三（一九一四）年一月の雑誌「ホトトギス」に発表、出世作となった。小剣は奈良生まれだが、小学校卒業後、大阪に出て約十年、関西ですごしている。

ラムネ——坂口安吾「ラムネ氏のこと」

コレラで爆発的に売れる物のありかたを変えてきた

「ラムネは一般にレモネードの訛《なまり》だと言われているが、そうじゃない。ラムネはラムネー氏なる人物が発明」した。

坂口安吾「ラムネ氏のこと」によると、小林秀雄らの前で三好達治がそう断言した。話がラムネのこととなり「ラムネの玉がチョロチョロと吹きあげられて蓋《ふた》になるのを発明した奴《やつ》が、あれ一つ発明しただけで往生を遂げてしまったとすれば、おかしな奴だ」という小林の言を受けての発言だ。「フランスの辞書にもちゃんと載っている」と達治は強弁。でも安吾が調べても、哲学者のフェリシテ・ド・ラムネー氏は辞書にあるが、ラムネ発見者とはなかった。

だが「我々の周囲にあるものは、大概、天然自然のままにあるものではないのだ。誰かしら、今ある如く置いた人、発明した人があった」と安吾の文は進んでいく。

野村鉄男『ラムネ・Ｌａｍｕｎｅ・らむね』によると、玉入りのラムネ瓶を発明したのは英国人ハイラム・コッド。日本への玉入り瓶の輸入は明治二十（一八八七）年。それまでは日本のラムネはキュウリ形の瓶だった。

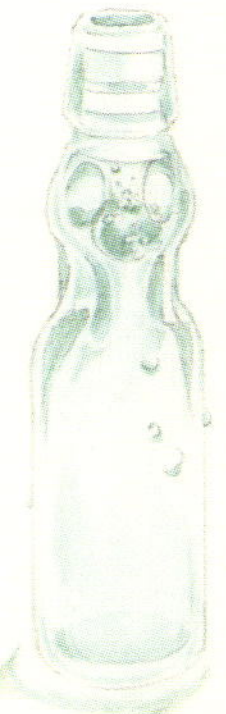

前年には東京でコレラが大流行、死者十万人だったが、新聞に「炭酸ガスを含んでいる飲料を用いていれば、恐るべきコレラ病にも冒される危険がない」との記事が出てラムネが爆発的に売れた。

太平洋戦争中、兵士が水による感染症などにならぬように、ラムネ製造機を積んだ輸送船が戦地にラムネを運んだ。蓋を付け直す必要がない玉入り瓶は戦地に適していた。ラムネが戦後まで生き延びたことに戦争も関係していたのかもしれない。

だが戦後、昭和二十八（一九五三）年にジュースが台頭。三十年代半ばにコーラが上陸して、ラムネは清涼飲料水の第一線から退いていった。

安吾はラムネの話の後、フグやキノコが安全に食せるまでに幾十百の殉教者がいたことを記し「戯作《げさく》者も亦《また》、一人のラムネ氏ではあった」と記す。

つまり「チョロチョロと吹きあげられて蓋となるラムネ玉の発見は余りたあいもなく滑稽である。色恋のざれごとを男子一生の業とする戯作者も亦ラムネ氏に劣らぬ滑稽ではないか。然《しか》し乍《なが》ら、結果の大小は問題でない。フグに徹しラムネに徹する者のみが、とにかく、物のありかたを変えてきた」と述べている。ラムネから、フグへ、キノコへ、そして文学へと、愉快に深く鋭く展開する安吾の思考だ。

アンパン——林芙美子『放浪記』

半生の飢えと文学への心
洋と和が融合したおいしさ

林芙美子『放浪記』の冒頭部に「私は一つ一銭のアンパンを売り歩くようになった」と記されている。『放浪記』は食べ物が頻出する作品だが、中でもアンパンをはじめ、パンのことは通奏低音のように出てくる。

「炭坑まで小一里の道程を、よく休み休み私はアンパンをつまみ食いして行ったものだ」とあるのは福岡県直方市での、幼き林の体験だ。林は母と義父との三人暮らしで、行商の日々だった。

同作は雑誌「女人芸術」に昭和三（一九二八）年連載開始。五年に第一部を出版しベストセラーになった。第三部まである。

ビクトル・ユゴー『レ・ミゼラブル』を読み「たった一片のパンで、十九年の牢獄《ろうごく》生活に耐えてゆく、人間も人間。世の中も世の中なりか」と記す。だが貧しさから、本をすぐに売らなくてはならなかった。銀座に出ると「木村屋の店さきでは、出来たてのアンパンが陳列の硝子《ガラス》をぼおっとくもらせている。紫色のあんのはいった甘いパン、いったい、何処《どこ》のどなたさまの胃袋を満たすのだろう……」と考えている。

パンの伝来は天文十二(一五四三)年、種子島にポルトガル船が漂着した際のこと。以来、ポルトガル語の「パン」が日本では定着している。そのパンが日本人になじみやすい食物となったのは、明治七(一八七四)年に木村安兵衛が小豆あんを包んだアンパンを銀座で売り出してからである。

大塚滋『パンと麵と日本人』によると「パンの中に何かを入れて焼くという発想がユニーク」だったし、生地に「イーストを使わず酒つくりに使われるもろみ」を使い膨らませた故に、酒まんじゅうのようなふんわりとした歯ざわりで、洋と和が融合したおいしさなのだ。明治八年には明治天皇も賞味。さらに人気の菓子パンとなった。『放浪記』の最後にも天皇とパンのことが出てくる。「写真屋のような小説がいいのだそうだ。あるものをあるがままに、おかしな世の中なり。たまには虹も見えると云う小説や詩は駄目なのかもしれない」と世間と自分の小説観の違いを書く。

そして「食えないから虹を見るのだ。何もないから、天皇さんの馬車へ近よりたくもなろう。陳列箱にふかしたてのパンがある。誰の胃袋へはいるだろう」と記す。おそらく、この陳列箱のパンはアンパンではないか。アンパンは林芙美子の半生の飢えと文学への心を表す食べ物だろうから。

キウリの海苔巻き——村上春樹『ノルウェイの森』

シンプル、新鮮で生命の香り
黄瓜を日本読みして

村上春樹『ノルウェイの森』に「キウリの海苔巻き」という食べ物が出てくる。「僕」と大学で知り合った「緑」の二人が、脳腫瘍で入院中の緑の父を見舞いに行く場面だ。

緑の父の病室の紙袋にはキウリ三本が入っていた。買い物を緑に頼まれた姉が「キウイ」と「キウリ」を聞き間違ったようだ。「なんで病人が生のキウリをかじるのよ？　お父さん、キウリ食べたい？」と緑が聞くと「いらない」と彼は答える。僕は父の世話で疲れている彼女に、しばらく散歩してきたほうがいい、父を見ているからと言う。

緑の父の食事を手伝い「フルーツは」と僕が聞くと「いらない」。食事の味を聞くと「まずい」。逆に僕の腹が減ってきた。病室には海苔の缶や醤油があるだけ。緑の父の許可を得て、洗った「キウリに海苔を巻き、醤油をつけてぽりぽり」と食べ始める。「うまいですよ」と僕は言い、「シンプルで、新鮮で、生命の香りがします。いいキウリですね」と加える。

鈴木晋一『たべもの史話』によると、胡瓜《きゅうり》は漢の武帝時代に張騫《ちょうけん》が西域から持ち帰り、胡《えびす》の瓜《うり》となった。「黄瓜」の表記は後趙の石勒《せきろく》が匈奴出身で蛮族を示す「胡」の字を嫌ったため。日本への渡来

は古いが、日本人は黄色く完熟したキウリを長く食し、「黄《こう》瓜《か》」を日本読みして「きうり」と読んだのだ。

カッパの名は江戸期に初物のキウリを河に流し、河の神の河伯《かっぱ》に供したからという。

一方の「海苔」は江戸生まれの食品の代表。冨岡一成『江戸前魚食大全』によると、日本人が古来食してきたのは生海苔で、干し海苔は江戸の浅草海苔が元祖。江戸前の海の海苔を浅草で製したのでその名がある。浅草紙のすき方をまねして干し、海苔を作ったとの説も。

キウリを二本、僕が食べたところで「水かジュース飲みますか?」と緑の父に聞くと「キウリ」と彼は答える。僕がにっこりして「いいですよ。海苔つけますか?」と言うと、彼は「小さく肯《うなず》いた」。僕は果物ナイフで切ったキウリに海苔を巻き、醤油をつけ、ようじに刺して口に運んでやった。「どうです? うまいでしょう?」と聞くと、彼は言う。「うまい」。「食べものがうまいっていいもんです。生きている証しのようなもんです」と僕も言う。食べ物がよく登場する村上作品でも屈指の食の名場面。緑の姉がキウイとキウリを間違ったこともさりげなく救っている。

ホットケーキ——有吉玉青『ソボちゃん』

社会に広く開かれた視点
日本より西洋が身近な幼い母

「たいへん、たいへん」「ホットケーキがある！」。有吉玉青《ありよしたまお》『ソボちゃん』にジャカルタのホテルでホットケーキを見た玉青のいとこ・真弓が駆けてくる場面がある。

玉青は有吉佐和子の一人娘。「ソボちゃん」とは玉青の祖母、つまり佐和子の母・秋津のことだ。

『ソボちゃん』はフェルメールの絵を見るために玉青がオランダを訪問。その地でインドネシア料理を食べたことから、秋津らが暮らした、かつてのオランダ植民地・インドネシアに行く物語。

昭和十二（一九三七）年、秋津の夫・有吉真次が横浜正金銀行のバタビア（現ジャカルタ）支店に赴任。秋津、佐和子も一緒だった。神戸からの船中で佐和子は六歳の誕生日を迎えている。

その秋津がバタビア日本クラブの奥さまたちと店に入るとメニューにホットケーキとあり、誰もその料理を知らず〝注文してみよう〟となった。一緒に出てきたハチミツをかけバターも載せてナイフとフォークで食べると「なんておいしいこと！」。秋津は大のホットケーキ好きになった。『ソボちゃん』の旅はそのインドネシアのホットケーキが目的の一つだった。

『服部幸應の「食のはじめて物語」』によると、ホットケーキの歴史は十六世紀の英国で始まる。日本

では大正十二（一九二三）年の関東大震災後に東京の日本橋三越の食堂メニューにあるのが発祥らしい。

有吉佐和子の出世作『紀ノ川』は紀州の素封家を舞台に祖母・花、母・文緒、娘・華子の女三代をたどる長編だが、秋津は文緒にあたる人だ。

『紀ノ川』の文緒（秋津）は夫の勤務で上海に暮らしたこともあり、洋装好きで米女優クララ・ボウをまねした服を着ていた人だ。インドネシアでの秋津にとって、ホットケーキはハイカラなものとして享受されたのではないかと、玉青は記した後、佐和子について「幼い母は日本より、この西洋が身近だったのでしょうか」と加えている。

『紀ノ川』でも戦時体制が強まる中「外国に出てれば日本を客観すること」ができるはず、英二（真次）はどう考えているのかを花に問われて「ファッシズム絶対反対や」と文緒は答えている。

幼き日の外国体験。開明的な父母。後に『恍惚の人』『複合汚染』など時代の問題を先駆けて書き、ベストセラーとなった佐和子。社会に広く開かれた視点につながる、秋津のホットケーキではないだろうか。

油あげ——岩阪恵子「雨のち雨？」

不意の出来事支える日常食
江戸後期には庶民のおかず

岩阪恵子「雨のち雨？」は二〇〇〇年の川端康成文学賞作品。その時のベスト短編に贈られる同賞を受けた同作の最後に「油あげ」が出てくる。

その日は午後に雨がざっときて、佐知子が夕食を作っている時にまた激しい雨音がした。佐知子はいつものように夜九時まで、夫・昌夫の帰宅を待っていたが、その夜、夫は帰ってこなかった。

リサイクルショップの店番をしている佐知子は翌日も仕事に出て、手すきの時に夫の職場へ電話をしたが、夫は出社していなかった。夫は昨日の昼に食事へ出たまま会社に戻っていない。他県の大学の寮にいる息子へ電話しても、息子にも連絡がない。だが銀行に聞くと、失踪後もお金が引き出されているのだった。

警察に捜索願を出そうか……。夫の母に電話し、彼女の家に行くと、義母は荷物をまとめかけていて、これから佐知子のマンションに来るという。そうやって、六年前に夫を亡くした義母と佐知子の奇妙な同居が始まる。

その最初の晩、佐知子が冷蔵庫の中を見回すと、煮物の入った容器と「油あげを二枚と大根の切れ

端」を見つけた。お湯であげの油抜きをし、焼くことに佐知子は決める。

石川英輔『江戸のまかない』に相撲番付に見立てた江戸後期の「おかずの番付」の紹介がある。「東方」は「精進方」、「西方」は「魚類方」。その「精進方」の関脇に昆布と油あげの煮物があり、前頭五枚目に芋がらと油あげの煮つけ。続く前頭六枚目に「あぶらげつけ焼」がある。「油揚げに醤油をつけて炙《あぶ》るだけ。今でも酒の肴として人気」と石川も記している。油あげは江戸後期には庶民の日常食だった。

「雨のち雨？」の佐知子がオーブントースターで焼くと「油あげが熱にはぜる音と香ばしい匂いがトースターの隙間からもれてくる」。「おいしそうな匂い。大根おろしをのせてお醤油をたらすのね」と、どこか浮き浮きした声で義母が言う。

「温め直したごはんと煮物、焼きあげを並べた食卓」で「おいしいわ」と義母はにこにこ。「『そうですね』。佐知子もつられて微笑《ほほえ》んだ」の言葉で同作は終わっている。

　いつもほどほどに生きてきた夫が初めて見せた大胆な行動。取り残された妻と母が、冷蔵庫にあった残り物で、おいしいご飯を食べて、微笑む。日常の中に不意に訪れた出来事を、日常食の「油あげ」が支えている奇妙な味の小説だ。

たこやき――田辺聖子「たこやき多情」

明石はタコ入れとるで多様なもの受け入れる大阪

関西人のタコ好きを体現する「たこやき」。田辺聖子「たこやき多情」は、そのたこやき文化に正面から挑んだ作品だ。

未婚で三十九歳の中矢は見合いを繰り返す日々。去年は「別嬪の、ええ娘さん」を怒らせてしまった。その原因はたこやき論争だった。美人の見合い相手が「たこやき」を食べたいというので一緒に行くと、しゃれた「明石焼《あかしやき》」の店だった。

「黄色いふんわりした丸いのが八つ並んで出てくる。それを、薄味のだしにつけて食べる」のだ。「箸で食べるたこやきなんて」と中矢は思う。でも彼女は「屋台のたこやきなんか、月見団子みたいで食べる気になりません！」と破談になった。

その中矢に「屋台のたこやき好きやわァ」という女が見つかった。屋台で知ったテル子だ。公園のベンチに二人で座り、つまようじでとんかつソースのかかったたこやきを口に入れると「紅生姜もはいっているらしくて、ぴりっと辛い味もあとへ残り、それとともに、青のりの匂いにも気付く」。

熊谷真菜『たこやき』によると、大別して今三種類のたこやきがある。

タコを入れた「玉子焼」(明石焼)と呼ばれるたこやきの一種が明治半ばまでに、兵庫県明石に登場。二番目は「ラヂオ焼」というものから発展し、はじめは醤油味で何もつけずに食べた。昭和十年秋に、ラヂオ焼の屋台へ来た客が「明石はタコ入れとるで」と教えてくれたことから、なにわのたこやきが生まれた。

そして今オーソドックスな、濃厚ソースをつけて、青のり、かつおの粉などを振りかけるたこやきは、昭和二十年代後半から三十年代に登場した。

「たこやき多情」ではテル子推薦の店へ一緒にいく。そこのたこやきは「お醤油味なんです」「青のりもかつおも振らんでもよろしのよ」とテル子は言う。熊谷の分類で二番目のものに該当するたこやきだろう。

食べてみると、外側はかりっと焼けて、中はとろり。醤油のこうばしさ、昆布のだしなど、えもいわれぬ懐かしい味。「うまい」と中矢も同意。たこやきはソースに限ると言った中矢だが、前言を翻して「いや、この醤油味もすごい」と言う。意気投合した二人は、すぐに男女の仲となる。そして中矢はテル子に結婚を申し込むのだが……。多様なものを受け入れる大阪の多様性、多情性がたこやきという庶民的な食べ物を通して愉快に描かれた物語だ。

松茸——武田百合子『富士日記』

おいしくて四膳食べる秋の到来を告げる食べ物

武田百合子『富士日記』は夫・武田泰淳、娘・花と過ごした富士山麓の山荘日記。昭和三十九（一九六四）年から泰淳が死ぬ五十一年まで。日々の食事も記されているが、通読すると松茸《まつたけ》のことが印象的だ。

昭和四十一年九月七日。ガソリンスタンドのおじさんから松茸をもらう。それはこんなことからだ。東京から山荘へ車で向かう途中、カーブでセンターラインを越えてくる自衛隊のトラックと正面衝突しそうになる。運転手の百合子が「何やってんだい。バカヤロ」と言うと、泰淳が「人をバカと言うな。バカという奴がバカだ」と叱る。霧もある中、右側を平気で来るので言ったのに……。あほくさく、くやしいので、百合子は車のスピードを上げ、スタンドに到着。おじさんに出来事と泰淳との話を告げるのだ。

するとおじさんが富士スバルラインの上の方に行って採った「大きな松茸をくれる」。山荘に到着した百合子はすぐ松茸めしを炊き「おいしくて私は四膳食べる」。これを見て泰淳が「牛魔大王、松茸めしを喰って嵐おさまる」と噴き出す。

アカマツ林に自生する松茸は秋の到来を告げる代表的食べ物。有岡利幸『松茸』によると、コリコリとした食感、淡泊な味、特有の香りが日本人の嗜好に合っている。『万葉集』にも歌われるなど、松茸と日本人の関係は古い。松茸狩りは水戸黄門（光圀）らも楽しんだが、江戸の終わりには庶民の娯楽にもなった。

昭和四十二年の八月二十一日。百合子がいなくなる。泰淳が捜し回って、ようやく発見。「百合子の悪い癖だ。黙ってどこかへ行くな」と泰淳が言う。

近くに山荘がある大岡昇平一家も捜索に参加したので、翌日に大岡家へわびに行く。泰淳が大岡家の晩飯に招かれ、夜に百合子が迎えに行って帰宅。車を降りると、泰淳が長い長い「ビールのおしっこ」を庭でする。しながら「百合子オ。松茸エ。マッタケエ」と大声を出した。きっと百合子が「松茸めしを喰って嵐おさまる」日のことを告げているのだろう。

松茸は「梅雨どきも、時々はカラッと晴れて、雷が鳴るような年がいい」ことをスタンドのおじさんに教えてもらった。おじさんが四十二歳の厄年に富士山へ行き松茸を採っていると天保小判らしきものがたくさん見つかったことも書かれている。きっと松茸は富士山を象徴するような特別の食べ物として同日記にあるのだろう。

コーヒー――松本清張『点と線』

アリバイ崩しの思考に寄与
軽い興奮と刺激で眠気防ぐ

鉄道の時刻表を使ったミステリーの記念碑的な作品、松本清張『点と線』にコーヒーを飲む場面が繰り返し出てくる。

ある省を中心にした汚職事件の捜査中、福岡の香椎海岸で、その省の課長補佐と東京の料亭の女が〝情死死体〟で見つかる。その死に疑問を抱いた福岡署の鳥飼刑事と警視庁の三原警部補が、犯人の鉄壁なアリバイを崩していく推理小説だ。

有名なのは冒頭場面。機械工具商の安田が同じ料亭の女二人に食事をおごった後、鎌倉へ行くのを東京駅のホームまで送ってもらう。すると安田が乗る十三番線から十五番線の特急列車が見通せて、福岡で死ぬ二人が列車に乗り込む姿が見える。二人は仲のいい男女だったのか！　でも東京駅でそれが目撃可能な時間はたった四分間しかない……。

「うまいコーヒーに飢えて」いた三原は、福岡出張から帰ると「銀座に車をとばして、行きつけの喫茶店にとびこんだ」。コーヒーを飲んだ三原は、またタクシーを奮発して警視庁に向かうのだ。

コーヒーの木の原産地はエチオピア。イスラム圏に伝わり、十三世紀ごろに種子（豆）を煎《い》って楽し

む方法が考案された。軽い興奮と刺激で眠気を防ぐため、苦行に悩むイスラム教徒が飲料として愛用した。欧州には十七世紀に伝わり、日本へは十八世紀後半に伝来。一八八〇年代には東京にコーヒー店が誕生している。

『点と線』の二つの死体は情死ではなく、安田が現場にいたと考える三原へ、鳥飼から長い手紙が来る。三原はその手紙をポケットに入れ、警視庁を出て、いつもの店へコーヒーを飲みに行く。

安田のアリバイは北海道に出張していたというもの。取引先の人へ電報を打って、札幌駅の待合室で会い、その後、旅館に泊まったという。この電報の発信地を調べるべきではないだろうか……。

三原が、その発想を上司の主任に伝えると「君は、外にコーヒーを飲みに行っては、ときどき妙案を持って帰るね」と、主任が笑いながら言う。

『作家の珈琲』で松本清張記念館の藤井康栄名誉館長は、コーヒーを飲みながらアリバイ崩しを考える三原の思考の在り方を指摘。酒を飲まない清張にとって「コーヒーを飲む時間は、数少ない気分転換の大切なひと時だったに違いない。その超人的な思索や着想に、コーヒーは大いに寄与したと思う」と記す。三原に清張自身の姿が重なっているのだ。

落鮎——川端康成『山の音』

老いに重なる魚
実はナマズを表す漢字

川端康成の戦後の代表長編『山の音』の最終章「秋の魚」に落鮎《おちあゆ》を食べる場面が登場する。鎌倉から東京の会社に通う六十代前半の尾形信吾が主人公。妻の保子と息子夫婦の修一・菊子。嫁に行った娘の房子は幼子の里子と国子を連れて家に戻ってきた。その七人が日曜の夕食をとる場面だ。

「鮎が三匹しか魚屋になかったんですの」と菊子が言って、信吾と修一と里子の前に置く。「大きい鮎ですね。もう今年のおしまいでしょうね」と保子が言うと、昔、故郷で保子の姉から勧められて俳句をたしなんだ信吾が「秋の鮎とか、落鮎とか、錆鮎《さびあゆ》とかいう季題があるね」と話しだす。

「卵を産んで、疲れ切って、見る影もなく容色が衰えて」川を下る鮎。それは「わたしのことらしい」と信吾は言うのだ。

「鮎」は実はナマズを表す漢字。日本でアユの意味となるのは、神功皇后が新羅遠征の成否を占うために肥前国松浦で釣りをしたらアユがかかったので、この伝説からアユが「占魚」と書かれるようになり、それが「鮎」の字になったという。

ただし鈴木晋一『たべもの史話』によると「鮎」の字は奈良時代から使われているが、用例は少なく、

文献のほとんどが「年魚」と書いてアユと読ませている。アユを「年魚《ねんぎょ》」というのは、普通は寿命が一年だからだ。

作品冒頭、夏の夜、眠れない信吾が「山の音」を聞く場面がある。その音がやむと信吾は「恐怖におそわれた。死期を告知されたのではないかと寒気がした」。つまり同作の主題は老いである。

信吾は妻の美しい姉に昔あこがれていた。その思いと重なるように長男の嫁・菊子のかれんさに情愛を感じている。信吾と同じ会社に勤務する修一は戦争の従軍体験で深い傷を心に負っていて、彼には愛人がいる……。

死に向かって川を下る落鮎は主題の老いに重なる魚だ。夕食に鮎が三匹しかないのは、本来三つの家があるべきだということを表しているようだ。信吾夫婦、息子夫婦、娘家族の三組の家だ。

壊れゆく日本の家族。孫の名が里子と国子であるように、敗戦後の日本の姿が意識されている。それを危うく、でもぎりぎり保とうとする信吾。彼が最後に「次の日曜にみなで、田舎へもみじを見に行こうと思うんだが」と提案する。信吾の田舎は信州。まだ残る美しい日本の自然。そのもみじの中にかれんな菊子を置いてみたい。落鮎のように老いていく信吾の願いだろう。

肉フライ――四方田犬彦『月島物語』

もう一つの名物食べ物
高栄養と経済的な臓物料理

第一回斎藤緑雨賞を受けた四方田犬彦の長編エッセイ『月島物語』に「もんじゃ焼と肉フライ」という章がある。

東京の下町の子供がもんじゃ焼を楽しんだ駄菓子屋が路地裏から消えていく一九五〇、六〇年代に、月島では大人向けのもんじゃ屋が開店。今やもんじゃ焼と言えば月島というほど有名になった。

でも紹介したいのは、もう一つの月島名物の肉フライ。「牛の肝臓にパン粉を塗《まぶ》して、トンカツ風に揚げたもの」。「月島で独自に考案され、現在にいたるまで他の地域に普及せず、ただ住民たちによってのみ愛好消費されている食べ物、すなわちレバカツ」である。

薄く平べったく、十二センチ×七センチほどの大きさで、持ちやすいように串が刺してある。「フライに満遍なくウースターソースと辛子《からし》を塗りたくり、串をもって口に運ぶ。ぱりぱりとした歯ざわりと、レバの風味、熱い油の香ばしさが混ざりあって、これはなかなかいける」と四方田も記している。

なぜ月島では肉フライか。明治になって肉食が奨励された日本人はなかなか内臓料理を積極的に賞味しなかった。でも旧佃島石川島地区以外は明治以降の埋め立て地である月島は造船業をはじめ工場

労働者が多く「高い栄養分をもち、しかも経済的な臓物料理を必要としていた」と指摘している。
同作は月島の築六十余年の長屋に住みながら、雑誌「すばる」の一九八九年一月号から約一年半連載したものがベース。「性分の穿鑿癖《せんさく》」と文学者の感性。さらに佃島の祭りでの神輿担ぎ、もんじゃ屋での一日店員、肉フライの著名店だった三浦屋から、大正時代に肉フライ製法を伝授してもらって、肉フライ店を開店成功した人物へのインタビューなど。長屋暮らしと路地の感覚が生きた作品だ。
そこから、きだみのる、大泉黒石、大岡昇平らの月島での姿と文学の関係が浮かび上がってくる。中でも、月島で生まれ育った吉本隆明について記した「エリアンの島」の章は、月島と吉本の詩の関係を具体的に指摘して、目を開かされる。
その吉本が九〇年の暮れ、ぶらり四方田の家にきた。昔の月島の話を聞き、吉本が育った二軒の家あたりへ行くが、いずれも消滅。その後、二人は商店街で一枚百円のレバカツを食べる。「子供の頃、一枚二銭だったんですよといいながら、吉本さんはなんと六枚をぺろりと平らげてしまった」という。

羊羹――夏目漱石『草枕』

「非人情」の世界の食べ物
元は羊のあんかけ料理

「余は凡《すべ》ての菓子のうちで尤《もっと》も羊羹《ようかん》が好《すき》だ」。夏目漱石は『草枕』にそう記している。同作は冒頭の「山路を登りながら、こう考えた。智に働けば角が立つ。情に棹《さお》させば流される」で有名だが、羊羹の場面も面白い。時は日露戦争のころ、主人公の画家が山中の温泉宿に宿泊。宿の「若い奥様」(那美)がお茶を持ってきて、菓子皿には羊羹が並んでいた。

その羊羹は「どう見ても一個の美術品だ。ことに青味を帯びた煉《ねり》上げ方は、玉《ぎょく》と蠟石《ろうせき》の雑種の様で、甚《はなは》だ見て心持ちがいい。のみならず青磁の皿に盛られた青い煉羊羹は、青磁のなかから今生れた様につやつやして、思わず手を出して撫《な》でて見たくなる」のである。

西洋の詩は人事が根本になるから同情や愛や正義や自由などを弁じてばかり。だが「うれしい事に東洋の詩歌はそこを解脱《げだつ》したのがある」。『草枕』の「余」は西洋とは違う「非人情」を求めて俳句を作り、書をめでる人。

西洋の菓子で羊羹ほどの快感を与えるものは一つもなく「クリームの色は一寸《ちょっと》柔かだが、少し重苦しい」。「白砂糖と牛乳で五重の塔を作るに至っては、言語道断の沙汰《さた》である」と断じる。五重の塔と

はデコレーションケーキのことだ。

もともと羊羹は羊の肉などの羹《あつもの》、あんかけ料理の一種。鎌倉期に中国から禅僧とともに伝えられた。だが肉食の禁が厳しかった日本では羊の肝《きも》と似た小豆に変更されて、菓子となっていった。

『草枕』の羊羹は近年まであった東京・本郷の和菓子店「藤むら」のもののようだ。加賀藩前田家の祖・利家に立派な羊羹を作るよう命じられた金沢の忠左衛門が一六二六年に完成。宝暦年間（一七五一〜六四年）に江戸の同藩邸前へ店を移転させた。漱石はこの羊羹が好きで『吾輩は猫である』にも登場させている。

『草枕』の最後は戦地に赴く那美のいとこの久一を停車場まで送って行く場面。那美の別れた夫も同じ列車に乗って満州へ出稼ぎに行く。彼らが乗る汽車は現実世界の象徴。「その世界では烟硝《えんしょう》の臭いの中で、人が働いている。そうして赤いものに滑って、無暗《むやみ》に転ぶ」と漱石は記している。

「赤いもの」とは戦場で流れる血潮のこと。西洋の同情や愛や正義はそんな世界につながっている。「青磁の皿に盛られた青い煉羊羹」はそれと対極的な「非人情」の世界の食べ物として、同作にあるのだろう。

饅頭の茶漬け――森茉莉『記憶の絵』

‖変った舌を持った森鷗外
‖衛生学上、生ものは危険

谷沢永一『えらい人はみな変わってはる』という近代以降の文学者らの常識を超えた個性を記した本がある。なぜか森鷗外に関するエピソードが少ないが、食べ物に関したら、鷗外は「変わってはる」人の最初に指を屈してもいい作家である。

「私の父親は変った舌を持っていたようで、誰がきいても驚くようなものをおかずにして御飯《ごはん》をたべた」。鷗外の長女・森茉莉はエッセイ集『記憶の絵』の「鷗外の味覚」をそう書き出している。

大きな葬式饅頭を手にすると「その饅頭を父は象牙色で爪の白い、綺麗な掌《てのひら》で二つに割り、それを又《また》四つ位に割って御飯の上にのせ、煎茶をかけて美味しそうにたべた」。子供の茉莉もこれを食べたが「薄紫色の品のいい甘みの餡と、香《にお》いのいい青い茶」が「溶け合う中の、一等米の白い飯はさらさらとして、美味しかった」と書いている。

鷗外の次女・小堀杏奴のエッセイ集『晩年の父』にも饅頭の茶漬けが登場。「私などどう考えてもそんな事は出来ないが」でも「小豆《あずき》を甘く煮てそれと同じようにするのは真似してみるとちょっとおいしかった」という。

本山荻舟『飲食事典』によると、京都建仁寺の竜山禅師が入宋した際、中国人の林浄因が弟子となり、一三四九年、禅師の帰国に随行して渡来。姓を塩瀬と改めて奈良で饅頭屋を始めた。同饅頭屋は室町末期の茶道隆盛時には京都で茶菓子の創案に加わり、江戸期には江戸に移って幕府の御用を務めた。饅頭は砂糖が高貴薬だった時代は塩餡だったが、室町末期に砂糖の食品化が伝わり、甘い餡が次第に普及した。

茉莉のエッセイ集『貧乏サヴァラン』の「味の記憶」によると、ドイツで衛生学を学んだ鷗外は生ものは危険との考えから「杏、水蜜、真紅な桃、梨」などの果物、さらに刺し身まで煮てから食べた。甘い物好き故の饅頭の茶漬けなのだろうが、蒸し菓子の饅頭は衛生的でもあったのだろう。

鷗外の代表作『雁《がん》』に主人公のお玉が家のヘビ退治をしてくれた大学生・岡田への礼に「藤村の田舎饅頭でも買って遣ろうか」と考える場面がある。東京・本郷にあった「藤むら」は漱石が愛した羊羹でも知られる和菓子店。元は金沢の菓子店だったが、江戸時代に江戸の加賀藩邸の前に出店した。旧加賀藩邸跡が現在の東京大学。同大前の「藤むら」は鷗外、漱石にとってなじみ深い店だっただろう。

ワイン――開高健『ロマネ・コンティ・一九三五年』

長い時の流れ考え得る功徳
最初に飲んだ記録は秀吉

高層ビルの料理店で卓を挟んで四十一歳の小説家と四十歳の会社重役が座っている。卓にはワインの瓶が二本置かれていた。

一つはフランス・ブルゴーニュのラターシュの一九六六年。もう一本はロマネ・コンティの一九三五年のもの。ラターシュも有名だが、ロマネ・コンティは至高のワイン。開高健『ロマネ・コンティ・一九三五年』はその聖なる酒を飲んでいく話だ。

まず若いラターシュを飲むと「円熟しているのに清淡で爽やか」だった。そして「ロマネ・コンティ・一九三五年」。それが注がれたグラスを前に、小説家は「飲んでいいのかしら？」と重役の男に聞いている。それほどの貴重品だ。だが、それを口にしてみると「酒は力もなく、熱もなく」「酒のミイラであった」。

同作の時代設定は一九七二年。この酒が生まれた三十七年前の日本では昭和十年。美濃部達吉が天皇機関説で不敬罪で告発され、川端康成が『雪国』の第一回を書き、湯川秀樹が中間子理論を発表。忠犬ハチ公が死んだ。ナチスはベルサイユ条約の軍備制限条項を廃棄。パリで人民戦線が結成された。

さらに戦後の時代を、この酒はずっと瓶の中で生きてきた。そんな長い時の流れを考えられる「ぶどう酒というのは功徳がある」と開高は記している。ミイラのような酒だが、それを飲むと小説家の脳裏に、昔パリで出会ったスウェーデン人女性が浮かんできた。意気投合して飲み歩き、関係した。その時、小説家は人生に疲れていた。彼女にも疲れは現れていた。

ロマネ・コンティはおりがひどく、飲めなくなる。だが「それを眺めているうちに小説家はとつぜんうたれた。この酒は生きていたのだ。火のでるような修業をしていたのだ」と思う。「一九三五歳になってから独房に入って三十七年になるが、けっして眠っていたのではない」「汗みどろになり、血を流し、呻《うめ》きつづけてきたのだ」と思う。老いの入り口にある人間の生への、そんな理解がやってくるのだ。年代もののワインでしか書き得ない長い時間が短編の中に描き出されている。

ちなみに間庭辰蔵『南蛮酒伝来史』によると、日本の最高権力者でワインを飲んだことがはっきり記録された最初の人は豊臣秀吉のようだ。一五八七年、秀吉が今の福岡市の浜で、キリスト教宣教師たちから船での宴に招待されて、ポルトガル産のぶどう酒と菓子を賞味している。

バナナ――獅子文六『バナナ』

滑って転んで目が覚める
おいしくする日本人の工夫

日本人が大好きな輸入果物バナナをそのまま題にした『バナナ』という長編が獅子文六にある。台湾出身の華僑で東京に住む呉天童と日本人の妻・紀伊子、長男・龍馬の一家の物語。天童は「自動車とバナナは、嫌い」だ。そのバナナ嫌いは出身地近くの台中市辺りでは子供がバナナを食べると下痢をするとの言い伝えがあったからだという。

自動車嫌いの父とは反対に大学で自動車部に所属する龍馬。その龍馬が外国車を買いたいという動機から、バナナの輸入に手を出していく。

一九五〇年から二十年間ぐらいは台湾バナナの黄金時代。すぐ売れて、利幅の大きいバナナに輸入割当制度がとられたが、その権利を空手で転売する会社まで生まれた。

この時代を描く『バナナ』では、天童の弟・天源が神戸で輸出入業をやっていて、龍馬に輸入ライセンスの一部を譲るのだ。さらに龍馬のガールフレンド・サキ子、青果仲買業者のサキ子の父が絡んでいく物語である。

作中にもあるが、バナナがおいしいのは日本人の工夫もある。船で来るのは「堅い青いバナナ」。仲

買人はそれを室《むろ》に入れて「適当な追熟《ついじゅく》を行い、美味と芳香を持つ黄色バナナに」する。小さな火で温めたり、逆に氷で冷やしたり。五日ほどかけて黄色にする。船中で熱い所に置かれ、皮は青いのに身がブクブクに腐っているバナナもあり「青ブク」というとか。

フランスで演劇理論を学び、最初の妻はフランス人だった文六の小説らしく、話にシャンソンが加わる。シャンソン歌手として初の発表会でサキ子が即興で歌うのが「青ブクの歌」。「その皮は青けれど／身は朽ちて、けがれたり／その眼《まな》ざしは清けれど／心はさすらいの娼婦《しょうふ》に似たり」……。

そして「恋愛とは、甘く、柔らかく、香り高く、バナナのようなもの」と思う紀伊子は年下のシャンソン歌手に引かれていく……。バナナのもうけ話、紀伊子の浮気心。楽しく快調に進むユーモア小説だが、結論はバナナ皮を踏んで滑って転んで目が覚めるという展開だ。

鶴見良行『バナナと日本人』によると、商品としてのバナナが最初に日本に来たのは日露戦争前年の一九〇三（明治三十六）年。日本人貿易商と思われる人物が台湾から神戸に船で送った。日清戦争で、一八九五年に新植民地となった台湾の物産を日本へ届けていたようだ。一九六三年に輸入が自由化され、今はフィリピン産が多い。

トマト——宮澤賢治『黄いろのトマト』

子供の純粋な楽園に実る西洋臭くて食べられない

町の博物館にある剝製の鳥「蜂雀《はちすずめ》」が私にこんな話を語る。ある所にペムペルとネリの兄妹が住んでいた。二人は畑にトマトを十本植える。うち五本がポンデローザで、五本がレッドチェリー。「ポンデローザにはまっ赤な大きな実がつくし、レッドチェリーにはさくらんぼほどの赤い実がまるでたくさんできる」

宮澤賢治『黄いろのトマト』はそんなふうに始まる話。そしてある年、茎から黄金《きん》の粒のようなものも噴き出した。五本のチェリーで、一本だけは奇体《きたい》に黄いろで、大変光るのだ。「にいさま、あのトマトどうしてあんなに光るんでしょうね」と妹が言うと、兄は「黄金だよ。黄金だからあんなに光るんだ」と答える。

トマトは南米原産で十八世紀ごろ日本へ伝来したが、最初は観賞用だった。一八七四（明治七）年に食用トマトが輸入されたが、特有の青くささや血なまぐさいような香りで敬遠され、本格的な普及は戦後のことだった。

『黄いろのトマト』は大正末ごろの作。まだトマトが普及していない時代だが、ポンデローザもレッ

ドチェリーも実在の種。中野由貴『宮澤賢治のレストラン』によると、賢治は一九二〇（大正九）年ごろから家の畑でトマトなどを育てていた。でも、できた野菜も初めのうちは西洋臭くて食べられないと家族からは敬遠されていたという。

そしてペムペルとネリの兄妹に「何とも云《い》えない奇体ないい音」が聞こえてくる。正体を知りたい二人が音についていくと、隣町にサーカスが来ていた。それに入る人は入り口の番人に銀か黄金のかけらを渡していた。

ペムペルは「黄いろのトマト」のことを思い出して、それをとってきて黄金の代わりに門番の男へ渡す。すると門番は「何だ。この餓鬼め。人をばかにしやがるな。トマト二つで、この大人の中へ汝《おまえ》たちを押し込んでやってたまるか」と言われ、トマトを投げつけられる。兄妹は泣きながらおうちに帰った。その後「ああかあいそうだよ。ほんとうにかあいそうだ」と蜂雀は話している。

何が「かあいそう」なのだろうか。子供だけで自給自足していた楽園が外界の大人の貨幣社会に触れてはじき返され、純粋のまま生きられた楽園が崩壊してしまったから「かあいそう」だとも読める。でも逆に「かあいそう」なペムペルとネリを通して純粋な楽園の大切さが深まって感じられる話でもある。

排骨湯麵——大江健三郎『われらの狂気を生き延びる道を教えよ』

生きものの悲哀ものがたる
バゴからパーコーへ?

「イーヨー、排骨湯麵《はいこつたんめん》とペプシ・コーラおいしかったか?」と肥《ふと》った男が問いかけると、息子が「イーヨー、排骨湯麵とペプシ・コーラおいしかった!」と答える。大江健三郎『われらの狂気を生き延びる道を教えよ』は最後に、そんな親子のやりとりが交わされながら進んでいく作品だ。「イーヨー」は、頭に障害があって生まれてきた息子に、肥った男が付けたあだ名だ。『熊のプーさん』に出てくる「厭世家《えんせいか》の驢馬《ろば》」の名を借りて、そう呼んでいる。

二人は雨が降ろうと嵐が吹き荒れようと、自転車に乗り、中華料理店に出かけ、ペプシ・コーラと排骨湯麵を注文。「かれらの毎日かよう店で排骨湯麵とは、薄いころもをつけた豚の肋肉《あばらにく》を揚げて、キクラゲと菠薐草《ほうれんそう》とをつけあわせた湯麵だ」

豚のスペアリブを使った排骨麵は日本では「パーコー麵」とも呼ばれる。坂本一敏『誰も知らない中国拉麵之路《ラーメンロード》』によると、排骨麵は中国の「江南地方、特に無錫《むしゃく》のものが有名」という。この料理は、無錫に近い上海にもあって、上海語で排骨は「バゴ」というが、日本人には「パコ」または「パーコ」と聞こえたのか、パーコー麵という呼び方が流通してしまったようだ。

冒頭紹介した応答の後「自分たち親子のあいだにいま完全なコミュニケイションがおこなわれた、と考えて幸福になった。そしてしばしば今日の排骨湯麺こそは自分がこの世で食べたあらゆる食物のうちでもっともおいしいものだ、と真面目に信じた」と書かれている。

一九六九（昭和四十四）年刊の同小説は核兵器という狂気の時代を生き延びる人間たちを描く。第三部の題名の一つは「狩猟で暮したわれらの先祖」。これは英国出身の詩人オーデンの詩の名だ。その詩は「生きものの悲哀の物語りをものがたった／留《とど》めを刺された獣《けもの》の顔に刻まれた限界と欠乏とを憐《あわ》れんだ」と続いていく。

そして大江のこの小説には、殺されて肉を取られ、皮を剥がれる動物のことがたくさん出てくる。骨付きの肉を揚げたものが麺の上にのった排骨湯麺もよく見てみれば、動物を殺して生きる「生きものの悲哀の物語りをものがたった」食べ物だ。

排骨湯麺をめぐるイーヨーとの楽しく生き生きとしたやりとりの中にも、オーデンの詩に書かれた、狩猟で暮した先祖たちの生活を感じている大江の思いの反映があるのだろう。

伊勢エビ――ドナルド・キーン『ドナルド・キーン自伝』

三島由紀夫との最後の晩餐 長寿の老人にたとえられる

「小生たうとう名前どほり魅死魔幽鬼夫になりました」。一九七〇（昭和四十五）年十一月二十五日に三島由紀夫が自決後、ニューヨークにいたドナルド・キーンのもとに三島からの封書が届いた。手紙の終わりのほうには「この夏下田へ来て下さつた時は、実にうれしく思ひました。小生にとつての最後の夏でもあり、心の中でお別れを告げつつ、たのしい時をすごしました」とあった。

毎年八月、三島が家族と過ごす下田にキーンを招待。『ドナルド・キーン自伝』によると、英国出身のジャーナリストが加わった三人の夕食に、三島は料理屋で五人前の伊勢エビを注文。さらに二人前を追加注文した。「何かおかしい」と感じたキーンは翌日「なにか悩んでいることがあるんだったら、話してくれませんか」と尋ねたが、三島は「眼を逸らして、何も言わなかった」という。

三島は『不道徳教育講座』に、カニの肉は大好物だが、姿が大の苦手と書いている。缶詰のカニの絵だけを見ても「顔面蒼白になる」のでレッテルをはがし、破り捨ててから中身だけを食べる。「さらにおかしいのは、カニとよく似ている海老《えび》は大好物」なのだという。

そのエビを「海老」と書くのは、長いひげと折り曲がった外形から古来老人にたとえられたからだ。

長寿の象徴としてめでたく、江戸の初めごろには正月の鏡餅などの飾りとなった。中でも姿が立派なのは伊勢エビ。昔から高価な食べ物で、井原西鶴『日本永代蔵』（一六八八年）にはある年、ひどく高騰した伊勢エビの代わりに車エビを飾った話が記されている。

伊勢エビの漁期は十月から翌五月ごろ。「本来なら夏の間には食べられない」が「私たちの最後の晩餐で伊勢エビを心ゆくまで食べたいと思ったに違いない」と三島の心をキーンは推測している。

下田でのキーンとの夏、三島は四部作『豊饒の海』の最終章の原稿をキーンに見せている。前章までを未読のキーンは読むことを辞退したが、でも最後の作品を書き上げた三島は「あと残っているのは、死ぬことだけだ」と話していたという。

割腹自殺の日の朝、担当編集者に十一月二十五日の署名が入った原稿が渡されたことは有名だが、実は八月段階で『豊饒の海』は完成していたのだ。

キーンへの手紙は三島の自宅の机上にあったもの。警察が押収する前に、三島夫人が見つけて投函したのだった。

串かつ——辻原登『冬の旅』

人生の二度づけはＯＫか
肉体労働者のために誕生

二〇〇八年六月八日。「二度と戻って来るなよ」という声を受け、三十八歳の緒方隆雄《おがたたかお》が五年の刑期を終え、滋賀刑務所を出所。刑務所正面の道は「左右に振り分けの坂になっていて」どちらを行っても下の道路に出られるが、緒方は「右に歩き出した」。辻原登『冬の旅』はそう始まる長編だ。

そして緒方が向かったのは旧知の大阪・西成。簡易宿泊所に宿をとり、道を戻って串かつ屋に入る。それは「大阪唯一　二度づけＯＫの店　串かつ　浪源《なみげん》」。皿に山盛りのキャベツをソースに浸して口に運びながら、緒方は「エビ、イカ、カキ、キス、ブタ、タコ、アスパラ」と注文する。

串に刺した肉や魚、野菜などにパン粉を着せて揚げる串かつは世界に類例のない料理。岡田哲は『たべもの起源事典　日本編』で「大阪庶民の合理性が見られる」と記す。

その大阪では客席に置かれた共用のステンレス容器に入った専用ソースに串かつをつけて食べる店が多い。衛生面から、一度口につけた串かつを再び共用のソース容器に入れるのは禁止。各自にソースを提供するより、共用ソースならムダが少ないという合理性もあるようだ。でも『冬の旅』の浪源は串かつ界の異端児で、客の一人は「二度づけがダメなら、すき焼も水炊きもてっちりも、舐《な》めた箸

入れるなっちゅうねん」と言っている。

菊地武顕『あのメニューが生まれた店』によると、「串かつ」は昭和四（一九二九）年に大阪の新世界地区にある「串かつだるま」で誕生。労働者の町・西成が近くで、日雇いの肉体労働者のために、肉の串かつを揚げて出したのが始まりだ。

そして『冬の旅』は分身小説。出所して大阪駅に着くと「緒方の身はここで二つに分かれた」。一人は西成に向かう緒方、一人は母の菩提を弔うために兵庫県・網干に向かう。そして、分身と再会した緒方はまた罪を犯すのか…。「私は別様に生きえたのに、このようにしか生きえないのは何故であるのか」「おれは、いまのおれ以外にはなれへんかった。それは運命とか宿命とかいうことか？」とある。

浪源の串かつのように、人生の二度づけはＯＫなのか。やはり二度づけは禁止なのだろうか。

冒頭の日付は秋葉原無差別殺傷事件発生の日。作中、阪神大震災も描かれている。そんな緒方の生を描く『冬の旅』の分岐・合流する場所に大阪の串かつがある。

焙じ茶——黒井千次『高く手を振る日』

芳ばしい老年の恋のお茶
煎茶や番茶を強火でいる

「娘の持って来てくれた焙《ほう》じ茶の際立った芳《こう》ばしさ」「今飲みたいのはコーヒーではなく焙じ茶」。老年の恋を描いた傑作、黒井千次『高く手を振る日』に、焙じ茶のことが何度も出てくる。

妻を亡くして十余年。人生の「行き止り」を感じる七十代の浩平が、学生時代のゼミ仲間で、夫を亡くした重子と再会して始まる恋愛物語。

たまたま浩平の娘婿と重子の息子が知人だったことをきっかけに、二人は東京・赤坂のホテルのラウンジで会う。浩平が「行き止りの感じに襲われることはない?」と話すと、重子は「生きている途中で終りが来る。だから、そんなこと考えても意味はありません。全部途中なんだ、と私は思っている」と言う。

浩平は娘から携帯電話の使い方を教えてもらい、「湯を沸かして淹《い》れた濃い焙じ茶を啜《すす》り終った」後、儀式に臨むかのように、重子から教えてもらった番号に慎重に電話をかける。メールも覚えて「おあいしたい　げんきになったしげこさんに　はやくあいたい」と送るなど実に初々しい。

茶はツバキ科で、日本にも自生種があったが、飲用の茶の文化は仏教文化とともに中国から薬とし

て伝来。鎌倉初期、臨済宗の開祖で茶祖と呼ばれる栄西は『喫茶養生記』に「茶は養生の仙薬なり。延齢の妙術なり」と書いている。焙じ茶は下級品の煎茶や番茶を強火で煎《い》って、独特の香りを出した茶だ。もっとも、浩平が愛飲しているのは茎の部分を焙じた棒茶の高級な焙じ茶のようだ。

　ついに重子が浩平の家にやってきた。浩平は重子のために焙じ茶を淹れる。重子も「この焙じ茶、美味《おい》しいわ。もう一杯いただけない？」と応えている。浩平が独り暮らしの家を案内していると、よろめいた重子を支えようとした浩平とともにソファへ二人とも倒れこみ、学生時代以来の口づけをした。人生の「行き止り」感を語っていた浩平が「今だけあれば充分だよ」と言うと、重子も「茶飲み友達でなくて、よかったわ」と応える。これが恋愛の力だろう。

　焙じ茶は一般的には下級品や古い茶を煎った再加工茶。再会して始まる晩年の恋に適したお茶と言えるかもしれない。その老年の恋のお茶には、熱湯を注いで飲むと際立った芳ばしさがある。でも老年の恋には覚悟も大切。重子はその日、八ケ岳山麓の老人ホームに入居することを決め、お別れに来たのだった。

大根のチリ鍋――岡本かの子『食魔』

自然の質が持つ謙遜な滋味
日本人が昔から好む健康食

「鮨《すし》」「家霊」など食をめぐる小説が多い岡本かの子。その名も『食魔』という中編には大根のチリ鍋が登場する。

主人公は料理教師の鼈四郎《べっしろう》。彼は漢学者・荒木蛍雪のお抱えで、蛍雪の娘姉妹に料理を教えている。蛍雪が使っていた家を本座敷はめったに使わぬことなどを条件に貸し与えられているが、その本座敷で鼈四郎が夜、大根のチリ鍋をさかなにビールを飲む。「鍋底から浮上り漂う銀杏形《いちょうがた》の片《き》れ」を「溜醤油《たまり》」に一角を浸し、熱さを吹いて食べる大根は「生《き》で純で、自然の質そのものだけの持つ謙遜な滋味」である。

三十歳を前に、時々、死を思う鼈四郎が大根を食べる本座敷前の庭には霰《あられ》降る闇がある。その闇を眺めながら自分の嫌な生い立ちを振り返る小説だ。

「刺し身・豆腐・大根」は日本人が昔から好む健康食。かの子に「国民食、大根礼讃《らいさん》」という随筆もあり、大根は「四季を通じて手に入るが、ちょうど銀杏の葉が無数の小金扇となって落ち尽し」たころから味が充実すると書いている。

鼈四郎のモデルは書画、陶芸、料理で知られた北大路魯山人。かの子の夫は漫画家の岡本一平。一平の父、可亭は書家で、魯山人が京都から上京して可亭の家の住み込み弟子となったことがある。

『食魔』には一平・かの子がモデルの夫婦も登場。京都で鼈四郎の書画を見た夫人が「美しくできてるけど、少し味に傾いてやしない？」と言う。初めて肺腑《はいふ》を突かれた気持ちがした鼈四郎だが、夫妻を手料理の昼食に招くと、夫人から今日の料理には「まことというものが徹しているような気がいたしました」と称讃されるのだ。

でも不遇で貧しい幼少時代を過ごした鼈四郎は「拗《す》ねた心」の持主。まこと・まごころという言葉に反感があり、そのまま受け取ることができなかった。だが鼈四郎が年上の友人の死をみとる。

その鼈四郎が霰降る闇の中に身を浸していると、夫人の言葉が「底の深い流れにある」ものを指しているのではないかと思われてくるのである。幼き日、加茂川で鼈四郎が捕った雑魚を母親が煮てくれた。その雑魚ほどうまいと思ったものはない。「味と芸術の違いは労《いたわ》りがあると、無いとの相違でしょうかしら」と鼈四郎は夫人に語っていた。

鼈四郎は命の闇の中で自分の素直な気持ちに潜む深みを知る。『食魔』の大根はそんな素直で深みのある食材だ。

牡蠣フライ――神吉拓郎『洋食セーヌ軒』

かりっとした衣と甘い汁
日本起源洋食の最高傑作

「うまい牡蠣《かき》フライが食いたいな」「いかにも牡蠣フライってやつが食いたいんだ。洋食屋がいいな」。鎌田が食べもの屋に詳しい永野にそんな相談をすると、いくつかの店を永野が挙げるが、どうも違う気がする。でもそういえば名は忘れたがと、ある駅前の横町を入った洋食屋のことを永野が話す。それは「……セーヌ軒だ」と鎌田が応じる。以前、鎌田はその店の近くに住んでいたのだ。

神吉拓郎の掌編集『洋食セーヌ軒』の表題作は十年ぶりに鎌田がセーヌ軒を訪れ、牡蠣フライを食べる話だ。同店で鎌田が注文、出てきた牡蠣フライは「かりっとした熱い衣の下から牡蠣の甘い汁がたっぷりとあふれ出て来る。それがレモンの香気や、刺激的なウースター・ソースの味と渾然《こんぜん》として、口いっぱいにひろがる」とある。実においしそうで、思わず牡蠣フライが食べたくなる。

日本人は古代から牡蠣を食べてきたが、養殖は江戸時代の一六七〇年代、広島湾が最初。一方、西洋では紀元前にローマで牡蠣の養殖が行われていた。そして牡蠣フライはトンカツの技術から派生した日本起源の洋食だ。鎌田の「洋食屋がいいな」も、本流の洋食屋がいいという意味だろう。

小松左京と石毛直道の対談本『にっぽん料理大全』で、小松は「カキの食い方で日本人が発明した最

高傑作は、やはり、広島のボタンガキといってボテッと身の厚いのをカキフライで食うことですよ」と語っている。

　牡蠣フライを食べた後、鎌田は女店主・たか子と話す。おやじさんは七、八年前に死亡、二十歳そこそこの彼女が店をついだ。以前から鎌田が食べるのは牡蠣フライばかりなので、どうして牡蠣フライなのかをたか子が問う。「理由はないんだ。ただ無性に好きなんだな」「人間と食いものはね、多分、相性みたいなものがあって、俺の場合、それが牡蠣フライなんだろう」と鎌田は語っている。さらに、うまく説明はできないが、セーヌ軒の「牡蠣フライは日本一」「牡蠣フライは料理の王さま」と言うのだ。

　『たべもの芳名録』で一九八四年に第一回グルメ文学賞なるものも受けた神吉は食に関する文が多い。でもグルメ自慢の感覚は皆無な作家である。ただ無性に牡蠣フライが好きという鎌田のその理由を詮索するよりも、牡蠣フライの美味を描くことに力を尽くした神吉の文章の品格を味わうべき小説だ。

ハンバーガー――村上春樹『パン屋再襲撃』

生きる志を再び取り戻す
一日の客数は一万人超

僕と妻が夜中二時前に「堪えがたいほどの空腹感」で目を覚ます。妻と話すうち、同じように腹を減らしていたことが昔あったことを思い出す。

十年も前、働きたくない僕と相棒が空腹から、包丁とナイフを持って町のパン屋を襲うが、パン屋の主人はクラシック音楽のマニアで、ちょうど店でワーグナーの序曲集をかけていた。そのレコードを最後まで一緒に聴いてくれるなら「店の中のパンを好きなだけ持っていっていい」という。僕と相棒はその取引に応じてワーグナーの序曲を聴き、パンを食べたのだ。

その僕と半月前に暮らし始めた妻は結婚するまで「こんなひどい空腹感を味わったこと」はなかった。「あなたは呪われているのよ」「もう一度パン屋を襲うのよ」と妻が主張。そうやってパン屋を再び襲うのが村上春樹『パン屋再襲撃』だ。

僕と妻は車で東京の街を、パン屋を求めてさまよう。でも深夜開いたパン屋はない。すると「あのマクドナルドをやることにするわ」と妻が言い、散弾銃を僕に渡した。

店長は「金はあげます」と言う。でも妻は「ビッグマックを三十個、テイクアウトで」と要求。二つ

の手提げ袋に三十個のビッグマックを奪って、ビルの駐車場でハンバーガーを食べる。僕は六個。妻は四個。まだ二十個は残っていたが「夜明けとともに、我々のあの永遠に続くかと思えた深い飢餓も消滅していった」。

この奇妙な小説は何を意味しているのか。かつて襲撃をやめ、ワーグナーを聴き、たらふくパンを食べた。時代に反逆していた若者たちがパン屋という消費社会の側に巻き込まれ、志を失ってしまった。「時代が変れば空気も変るし、人の考え方も変る」と僕は言う。でも妻は志を失った僕に対して「あなたは呪われているのよ」と言うのだ。

ハンバーガーを食後「こんなことをする必要が本当にあったんだろうか?」と問う僕に、妻は「もちろんよ」と答えている。深い飢餓感の実体は失われた志だ。時代を生きていく中で、志を再び取り戻す小説である。

ハンバーガーは牛肉のひき肉のパティを焼いてパンで挾んだ米国の国民食的な食べ物。一九七一年日本マクドナルド社が銀座三越に開店。大人気で開店の日の客数は一万人を超したという。団塊の世代の村上がマック好きかどうかは分からないが、団塊の世代はハンバーガーの洗礼を最初に受けた世代だ。

ウイスキー——山田風太郎『あと千回の晩飯』

緩やかな死へのお供か
米ペリーが琉球で振る舞う

「日は日くれよ夜は夜明けよと啼蛙《なくかわず》」。好きな蕪村のそんな句をもじって「日は酒くれよ夜は酒くれよと啼蛙」との句まで作る酒好きの山田風太郎。「夕方、ウイスキーのオンザロックを、ボトル三分の一ほど、二時間くらいかけて飲む」日々。エッセイ集『あと千回の晩飯』には風太郎のウイスキー好きが繰り返し書かれている。自らの造語を含む「アル中ハイマーの一日」との文もある。

その風太郎が「いろいろな徴候《ちょうこう》から、晩飯を食うのもあと千回くらいなものだろう」と思って『あと千回の晩飯』を書きだした。でも「別にいまこれといった致命的な病気の宣告を受けたわけではない」のだ。七十二歳になる風太郎が漠然とそう感じていただけだった。

自分が亡くなる時には「ウイスキーガスによる大々的大往生」を考えたりしていたが、糖尿病治療のため病院に入院したら「糖尿病よりパーキンソン病の徴候がありますね」と医師から宣告される。大先輩、江戸川乱歩と同じ病気だった。

それゆえだろう。日々の食事に加えて、生死をめぐる話が多くなっていく。だが、笑いとひょうひょうたる風太郎節は変わらない。例えば、漱石のこんな話を紹介。

漱石は弟子の一人への大正三（一九一四）年の手紙で「（私が）死んだら皆に柩《ひつぎ》の前で万歳を唱えてもらいたいと本当に思っている」と書いた。その漱石が大正五年胃潰瘍で本当に死ぬ直前には、自分の胸をかきひらき「早くここへ水をぶっかけてくれ、死ぬと困るから」と言った。「ゲに、人間は自分の死について語ることはむずかしい」と風太郎は記している。

ウイスキーは大麦、ライ麦などの穀類を主原料に麦芽を加えて糖化・発酵させた蒸留酒。日本伝来は幕末の嘉永六（一八五三）年、米国のペリーが来航し、琉球王朝関係者に振る舞ったのが最初。

風太郎はパーキンソン病発症後、酒量は落ちたようだが「固く禁じられた酒、タバコはいつのまにやら復活」。それでも「死」への考察が深まり、女性たちの長寿と、その死への向かい方について「あたかも密林の中の湖へ黙々と沈んでゆくという象の死を見るような気がする」と書いた。

つまり、風太郎が傾倒するウイスキー・オンザロックとは、じたばたと死に向かう男性たちの緩やかな死への道中のお供かと思えてくる。そんなエッセイ集だ。

善哉——織田作之助『夫婦善哉』

大阪の下町のユーモア
一休のよきかなと出雲の神在

「年中借金取が出はいりした」。大阪庶民の生きる姿を描いて、大阪を代表する作家である織田作之助の出世作「夫婦善哉《めおとぜんざい》」は、そんな言葉で書き出されている。

大正から昭和の大阪を舞台に人気芸者でしっかり者の蝶子《ちょうこ》と安化粧問屋の若旦那で優柔不断な妻子持ちの柳吉が駆け落ち。かみそり屋、関東煮《かんとだき》屋、果物屋、カフェ……どの商売も続かず、転変の運命を二人はケンカしながらも別れずに生きてゆく。

そして物語の最後。「どや、なんぞ、う、う、うまいもん食いに行こか」と柳吉が蝶子を誘い、法善寺境内の「めおとぜんざい」へ向かうのだ。

道頓堀からと千日前からの通路の角に「古びた阿多福《おたふく》人形が据えられ、その前に『めおとぜんざい』と書いた赤い大提燈《おおぢょうちん》がぶら下がっているのを見ると、しみじみと夫婦で行く店らしかった」と織田作は書いている。

つぶしあんの汁粉に餅を入れたものを関西では善哉餅、略して善哉という。関東の善哉は餅の上にあんを載せたもので、汁はない。「善哉」は仏教用語で「よきかな」の意味。最初に食べた一休禅師が

おいしさに「善哉」と言ったとの説。出雲地方の神社には十月に日本中の神様が集まるので「神在《じんざい》」と言い、その祭りに作った神在餅がなまって善哉餅となったなど諸説ある。正月の鏡開きの鏡餅を善哉（汁粉）にして食べることも多い。

織田作はエッセイ「大阪発見」で、法善寺は「大阪の顔」なのだという。法善寺全体が食物店であり、法善寺横丁と呼ばれる路地はまさに食道。路地の両側は軒並み飲食店だが「めおとぜんざい」は最も有名店。薄っぺらな茶わんに盛って、二杯一組の善哉を夫婦と名づけたところに、大阪の下町の味がある。入り口に阿多福人形を据えたところに大阪のユーモアがある、と織田作は記す。

柳吉と蝶子が善哉を注文すると一人に二杯ずつ来る。「こ、こ、ここの善哉はなんで、二、二、二杯ずつ持って来よるか知ってるか、知らんやろ」と柳吉。さらに「一杯山盛にするより、ちょっとずつ二杯にする方が沢山《ぎょうさん》はいってるように見えるやろ、そこをうまいこと考えよったのや」と言うと、蝶子が「一人より女夫《めおと》の方が良えいうことでっしゃろ」と応える。

大阪人のたくましさとユーモアが表れた夫婦善哉。別れない、別れられない男女の愛の運命が、その甘い食べ物に託されている。

鰤——菊池寛「俊寛」

幸福かもしれない島流し めでたい正月の祝い魚

秋元潔の『食卓の文学史』に菊池寛の短編「俊寛《しゅんかん》」に登場する「鰤《ぶり》」が紹介されている。続けて芥川龍之介の短編「俊寛」の「エラブウナギ（エラブウミヘビ）」、倉田百三の戯曲「俊寛」の「アラメ（多年生海藻）」と三回連続で同名の作品のことが記されている。

この三人は旧制一高の同級生。菊池は、倉田の妹と付き合っていた学友が犯した罪をかばって一高を退学。倉田も病気で一高を退学した。そして菊池と芥川は一高時代に第三次、第四次「新思潮」を発刊した仲だ。

『平家物語』にも出てくる俊寛は平安末の僧で、一一七七年に京都・鹿ケ谷《ししがたに》で藤原成経《なりつね》、平康頼《やすより》らと平家討伐を謀議したとして、南の鬼界ケ島へ俊寛、成経、康頼が流され、翌年、大赦にも俊寛だけが島に残された。

大正九（一九二〇）年。まず倉田が怨恨《えんこん》の亡者となって自殺する俊寛を書き、翌年これに対抗して、菊池は島で幸福に生きる俊寛を書いた。

成経、康頼が去った後、俊寛は新しい家を建て、食物を得るため「毎日のように鰤を釣った」。四尺

（約一・二メートル）以上の鰤を「炙《あぶ》ると、新鮮な肉からは、香ばしい匂いが立ち、俊寛の健啖《けんたん》な食欲」を刺激した。ある時、五尺を超す鰤を奮闘して釣り上げると、ふと人の気配を感じる。後ろに島の少女がいたのだ。

俊寛はその少女と結婚。五人の子どもが生まれ、子の成長とともに「鬼界ケ島に流されたことが、自分の不運であったか幸福であったか分からない、とまで考えるようになっていた」とある。生活第一主義の菊池らしい生命力あふれる作品だ。

菊池の翌年、前の二人に対抗して発表した芥川。その俊寛は「やかましい女房のやつに、毎日小言を云われずとも、暮されるようになった事」が、この島にきて何よりうれしかったと語るシニカルな思想家。三年連続三人の同級生作家が同名作を書く。ライバル心というものは実に面白い。

菊池の作品に出てくる鰤は正月魚として祝い料理に欠かせぬ魚。『たべもの起源事典　日本編』によると、新潟の糸魚川《いといがわ》から静岡にかけてある味覚の境界線の西側では塩鰤を、東側では塩鮭を正月の祝い魚とする。鰤は成長とともに名が変わる出世魚としても知られる。香川県出身の菊池が書いた俊寛が釣る鰤にはめでたい祝いの意味や、発展していく人間の人生の意味も込められているかもしれない。

シャンパン――久間十義『黄金特急』

乾杯がよく似合う酒
日本人初は浦賀奉行

「ネットバブル崩壊のなか、デジキッズが待望の株公開／価格は一株百万円を超えるとの観測も」。久間十義の『黄金特急』はそんな経済記事の見出しから始まっている。二〇〇〇年六月十二日。デジキッズは上場初日を無事乗り切ったのだ。

「じゃ、乾杯ですね？」。広報担当の河崎幸恵が「手にシャンパーニュの瓶と、シャンペングラス」を抱えてやってきて、「ぽんっ」と栓を開ける。「よしっ、乾杯だ！」「乾杯」「乾杯」

インターネットのホームページ作成関連の仕事で創業したデジキッズの盛衰を描く長編。同社を起業した大倉篤と谷口泰樹は同じ大学のコンピューター講義で知り合った仲だ。別のＩＴ企業の朝永と三人で銀座のクラブに行くと、店のママが店員にシャンパーニュ（シャンパン、シャンペン）を持ってこさせる。今日は、店のおごりだという。

「大倉さんに、谷口さん。気をつけようね。ただより高いものはないと言うし」と朝永は語るが、ママは軽やかに「ささ、乾杯しましょう」と応える。シャンパンは何より乾杯にマッチする酒だ。

このシャンパンの誕生は十七世紀後半。フランス・シャンパーニュ地方で、今のシャンパンの礎と

なるような発泡性ワインが生まれた。これ故、現在は同地方で伝統的製法にて作られるものにだけ「シャンパーニュ」の呼び名が許される。だが、各国に発泡性のスパークリングワインがある。

『黄金特急』でも大倉と谷口が朝永御用達のイタリアンで「スプマンテで乾杯」している。「何だかこのスプマンテ、美味いな」と谷口が言うと「こんな泡物も作るんだよな。こういうのを飲むと、オレたちもITばかりでなく、意外と思われる分野に資本を投下して、この不況を乗り切るべきかもしれない」と朝永が話している。このスプマンテはイタリアのスパークリングワインのこと。「泡物」の言葉に示されるように同作のシャンパン、スパークリングワインはIT、ネット業界のバブル（泡）を象徴する飲み物なのだろう。

日本人でシャンパンを飲んだのは一八五三年の米国ペリーの黒船来航時、応対した浦賀奉行が初という。だが、バブルの言葉もポピュラーとなった現代。レストランで「今日は〝泡〟を飲みたい」と言う人もいるだろう。グラスをぐんぐんと立ち昇る泡での乾杯が新年会などには良く似合う。

フグ——火野葦平「河豚」

強いやくざも殺してしまう
有史以前から食べた日本人

末広恭雄は『魚の博物事典』の中で「フグは魔魚」と書いた。フグ毒は青酸カリの十倍の毒で、雌フグ一匹の臓物の毒はマフグでは三十三人の人間が落命するほどの毒。イヌ、ネコなど恒温動物も死ぬが、でもカタツムリなどは死なないという。

そのフグの猛毒ぶりが描かれているのが、火野葦平の短編「河豚《ふぐ》」だ。やくざ稼業が長い源十も幼い一人息子・国雄を見るたびに「こういう世界からは足を洗わねばならぬ」と思う日々。でも殺人で刑務所入りしていた竹沢が出所後「めきめきといい顔になり」、源十の仲間の由太郎も縄張りを荒らされている。

源十は賭場で竹沢のいんちきを見つけて、懐の「短刀《あいくち》」を竹沢に突き立てたが、見事にごまかされてしまい、逆に自分の小指を切ってわびざるを得なくなった。源十は竹沢暗殺計画を立てたが、町で竹沢とすれ違うと「圧倒される感じ」で暗殺は実行できない……。

だがある日、賭場から帰って家で寝ていると、耳元で妻が「竹沢が河豚食うて死にかかっているそうだよ」と言う。源十が自転車で竹沢の家に行くと、竹沢の女房は既に死亡。竹沢も死にそうだ。

買ってきた河豚を竹沢が自分で調理。近所の者が「それは食べない方がよい」と言うのに「河豚の胆《きも》」を食べたのだ。

河豚のちり鍋を「てっちり」、刺し身を「てっさ」と言う。「てつ」は鉄砲のことで、当たれば死ぬ意味。「河豚」は中国では河川にも生息、腹を膨らませて豚のように肥大するからのようだ。

猛毒を持つが、日本人は有史以前から食べ、各地の遺跡から骨が出土。美味な魚で、一六四五年刊『毛吹草』に「河豚は食いたし命は惜しし」という有名な言葉があるし、芭蕉も「あら何《なん》ともなやきのふは過《す》ぎてふくと汁《じる》」の句を残している。

火野は北九州・若松の港の生まれ。昭和十二（一九三七）年の「河豚」の舞台は港町で、生地への思いが重なった作品だ。

坂口安吾が昭和十六年のエッセイで「我々は事もなくフグ料理に酔い痴れているが、あれが料理として通用するに至るまでの暗黒時代を想像すれば、そこにも一篇の大ドラマがある。幾十百の斯道《しどう》の殉教者が血に血をついだ作品」だと記している。「河豚」の竹沢夫婦もその殉教者なのだろう。戦後にはフグ毒にあたるのを防ぐため「ふぐ調理師」の制度などができ、専門家が調理すれば今は安全な食べ物だ。

焼蛤――泉鏡花『歌行燈』

幻想の物語の開幕を告げる松ぼっくりの火で焼く

「その手は桑名の焼蛤《やきはまぐり》」。三重県桑名市の名産・焼蛤を使ったしゃれ言葉だ。泉鏡花の『歌行燈《うたあんどん》』は登場人物がその桑名に結集する作品である。

十返舎一九『東海道中膝栗毛』の弥次郎兵衛《やじろべえ》を気取る恩地源三郎（実は著名な能役者）が三年前に破門した後、行方不明の甥・喜多八と桑名で縁を取り戻す物語。『膝栗毛』では桑名に着いた弥次郎兵衛と喜多八が「悦《よろこ》びのあまり、めいぶつの焼蛤に酒くみかはして」いるが、『歌行燈』の方は弥次郎兵衛が捻平《ねじべい》（実は著名な小鼓打ち）と桑名駅に降り立つと、乗っていた汽車が「名物焼蛤の白い煙」を遠く夢のように吐いて去っていく。

旅籠《はたご》に着いた二人が「先《ま》ず酒から」飲む。宿の女に「あの、めしあがりますものは?」と問われ、「姉さん、此処《ここ》は約束通り、焼蛤が名物だの」と答える。ここも『膝栗毛』をならった展開だ。

蛤の名は「浜栗」からだという。そのうま味成分はコハク酸。日本人は古くから蛤を食べており、縄文時代の貝塚から出土する貝類では蛤がカキ、シジミとともに多い。各地に産地があったが、桑名の焼蛤が有名になったのは東海道の要衝だったからのようだ。伊勢への東の玄関口でもあった。

元禄十（一六九七）年の人見必大《ひつだい》『本朝食鑑』にも「桑名の海上のものが上品」とあり、江戸の元禄時代には桑名の焼蛤が有名だった。桑名の人は蛤をあぶるのに、必ず松ぼっくりの火を用いると人見は記している。

『歌行燈』の弥次郎兵衛と捻平が「焼蛤」の話をすると、宿の女も「そのな、焼蛤は、今も町はずれの葦簀張《よしずばり》なんぞでいたします。やっぱり松毬《まつかさ》で焼きませぬと美味《おいしゅ》うござりませんで、当家《うち》では蒸したのを差上げます、味淋《みりん》入れて味美《あじよ》う蒸します」と言っている。

この会話から焼蛤の店が往時のにぎわいではないことが伝わってくる。『歌行燈』は明治四十三（一九一〇）年発表。明治二十年代につながった鉄道の東海道線の路線から桑名が外れた影響もきっとあるのだろう。

『歌行燈』の弥次郎兵衛は「松毬のちょろちょろ火、蛤の煙がこの月夜に立とうなら、丁《とん》と竜宮《りゅうぐう》の田楽《でんがく》で」と思ったが、それなら「味淋蒸」がよいと同意している。

序盤で反復される焼蛤の煙。蜃気楼《しんきろう》は「蜃《はまぐり》」が吐く息で楼閣を描く現象とされていた。焼蛤の煙が竜宮のような鏡花独特な幻想の開幕を告げているのだろう。

冷し中華――山下洋輔『へらさけ犯科帳』

冬にも食べたいジャズメン
水に恵まれた日本の麵料理

〈我々は何故我国の冬季においては、かの冷し中華を賞味できないのであるか！〉。ジャズピアニスト・山下洋輔がエッセイ集『へらさけ犯科帳』で、冷し中華への愛を繰り返し述べている。

一九七五（昭和五十）年一月。生ビールもアイスクリームも冬に飲食できるのに、なぜ冷し中華は食えないのだと山下が思う。「弾圧された冷し中華のために」その場で山下が声明文を書き「全日本冷し中華愛好会」結成を訴えた。実体はコピーを東京・新宿の飲み屋二軒に貼りつけただけだが……。

山下らが正統派の冷し中華とするのは中華麵にタマゴ、キュウリ、ハム、紅しょうが、なると（鳴門）……。それに酢のきいたタレがたっぷりかかったもの。ラーメンは土地によって随分と味が異なるが、「冷し中華」の酸っぱい味は共通している。単にラーメンを冷たくしたものではないのだ。

具材に鳴門があるので、日本の生まれ育ちを感じさせる料理だが、渋川祐子『ニッポン定番メニュー事始め』によると、有力発祥説の一つは仙台市青葉区の中華料理店「龍亭」だ。一九三七（昭和十二）年の秋に閉店後、市内の中華料理店主たちが勉強会を開いていた。そこで夏場に集客できるメニューを考えていた龍亭の店主が発表した料理。水質の悪い中国では水を使った料理は敬遠されるが、

良質な水に恵まれた日本なら冷えた麵料理が可能だったという。味の決め手であるタレは鶏がらスープに醬油と酢を加え、さっぱり味にした。
一九四六（昭和二十一）年、東京都千代田区の「揚子江菜館」が細切りにした各種具材を放射状に山盛りにする「富士山」と呼ばれる料理を作り、冷し中華のスタイルを確立。一九六〇（昭和三十五）年、仙台の製麵業者が家庭用の「元祖だい久冷し中華」を発売。料理名を定着させた。
「全日本冷し中華愛好会」（全冷中）の会報が出ると、作家の筒井康隆が「長編伝奇冷血冒険冷し中華SF、冷中水滸伝」の第一回の原稿を送ってきた。「冷中」は全冷中の人たちが使う元号。全冷中会長の山下は冷中三（一九七七）年に退位。四月一日に東京・有楽町で開かれた「第一回冷し中華祭り」で新会長に即位した筒井によって、年号が「鳴門」に改元されたという。
ジャズピアニストらしい山下のインスピレーションと自由な発想で、冷し中華が注目された楽しい数年があったことを記しておきたい。

スッポン――村上龍『料理小説集』

肉食動物時代を思い出す
丸い「月とスッポン」

村上龍『料理小説集』の冒頭に、スッポン料理のことが書かれている。

「私」がニューヨークの秘密の売春屋で、前に歯を治療してもらった日本人歯科医と偶然出会う。そこを出た後、バーで酒を飲みながら、あの秘密の店を誰に聞いたかを歯科医に尋ねる。私は人に教えてもらったのだが、歯科医は「自分で捜しました」と答える。「じゃあ、あなたには、何か超能力がある」と私は言う。その「超能力」とスッポンが関係した話だ。

歯科医によると、左奥歯の裏に脳の視床下部に通じる神経繊維が走っていて、それを刺激してやると「未来予知」ができるようになる。その能力を歯科医はスッポンで訓練したというのだ。

スッポンは丸い姿から中国で「団魚」と呼ばれる。そこから日本でも「まる」と呼ぶ。「月とスッポン」とは丸い姿が似ているが、月は美しく空にあるのに、スッポンは泥中にいて顔もみにくいので、比較にならないほど違うもののたとえだ。

日本人は昔からスッポンを食べてきたが、江戸っ子には下等な食品とみなされていた。だが、鍋料理の方法が発達すると、美味と評価されて高級料理となっていった。

村上作品の歯科医は十年ほど前に京都でスッポンを食べ、その「ヌルヌルする肉」の部分が「正統に調理すると、最も原始的な動物の味となる」ことを知った。つまり「わたし達はずっと昔」「百万年前くらいはずっと肉食だった」。その「記憶が震えるような料理」がスッポンなのだ。

中国では団魚だが、スッポンは魚でなくカメの仲間の爬虫類。歯科医はその爬虫類の肉を食べたら「眩暈」を感じ、「何百回スッポンを食べたかわかりません」と言う。

つまりスッポンは、草食系の食べ物が多い日本人が忘れている原始的な動物の味を覚醒させる食べ物。肉食動物だった時代を思い出せば、どんな人間にも「超能力」が備わっているということ。それを象徴する食べ物がスッポンなのだ。

本山荻舟『飲食事典』によると「スッポン料理は京都の名物」。歯科医がスッポンを食べたのも京都。ニューヨークで歯科医と別れた後、私の脇を散水車が通って行く。作品は「その丸く灰色の貯水タンクが、スッポンの甲羅のように見えた」との言葉で終わっている。村上が丸鍋（スッポン鍋）に詳しいことが伝わってくる『料理小説集』冒頭の短編だ。

ベーコン――井上荒野『ベーコン』

豚の脂身が旨い肉
日本人の味覚の変化が反映

井上荒野は多くの作品に食べ物を登場させる作家だ。短編集『ベーコン』の表題作もその一つ。私は山で養豚をする沖さんという男性を訪ねていく。沖さんは母の九歳下の恋人だった。母は私が四歳の時に家を出て、山で豚を飼う男を選んだ。だが母はオートバイにはねられ、死んでしまう。その葬儀が、私と沖さんとの出会いだったが、この日は父の死の報告にきた。父の死は母の死から三年後のことだった。

ある日、私は恋人と、薫製を出す店に行く。その薫製で「とりわけ素晴らしかったのはベーコンだった。厚切りで、ステーキのように焼いてあった」。店の人も「脂身がこれほど旨《うま》い肉はめずらしいでしょう?　この地方産の豚なんですよ」と言う。なんと、それは沖さんが育てる豚だった。

ベーコンは一般には豚のわき腹肉を塩漬けして薫製にしたもの。ｂａｃｏｎの語源はｂａｃｋ（後ろ）と同じで豚の背やわきの肉の意味という。

日本人は明治五（一八七二）年に肉食が解禁されるまで、千二百年間、一般には肉食が避けられていた。日本食のメイン料理が魚であり、豆腐料理が好まれるのもこのためで、脂身の多い肉はなじみが

少なかった。肉食禁止時代も豚肉は対象外だったが、豚肉が庶民に普及していくのは大正時代からだった。その豚肉の加工品ベーコンは約四十パーセントもの脂肪を含む。

『ベーコン』では、私の父がもう長くないことを知った恋人が、私に結婚を申し込んでくれたのだが、彼には両親の離婚と母の死を話していただけだった。だが二人がベーコンを食べた夜、このおいしい豚を育てている人が「母の知り合いだった人なの」と初めて話す。そして、その夜、二人は強く結ばれるのだ。

数日後、結婚することを報告に行った私が「沖さんの豚をベーコンに」する店のことを話すと「ベーコンなら、俺も作ってるよ」と沖さんが言う。そして沖さんがベーコンをあぶる。その「脂身がぷっくりと膨らみ、次第に透明になって、端のほうから少しずつ、ちりちりと焦げていく」のだ。

「私、結婚するの」と言うと「おめでとう」と沖さんが応える。曖昧に揺れていた恋人や沖さんとの関係がベーコンを食べることで、それぞれに定まっていく。そこに描かれる脂身の旨さは、読者も共感できる。二十一世紀の小説だが、ここに日本人の味覚変化の歴史が反映している。

ネギ弁当――吉本隆明「わたしが料理を作るとき」

思い出に関わる料理の味
当座を弁ずる間に合わせ

吉本隆明の味覚の考え方は〈料理の味は思い出に関わっている部分が大きい〉というもの。その吉本に「わたしが料理を作るとき」というエッセイがある。そこに「わたしにとって、その料理《おかず》を作ると、ある固有な感情をよびさまされる」ものが三つ紹介されており、その最初の料理が「ネギ弁当」だ。

あまり深くない皿に炊きたてのご飯を盛り、それにできるだけ薄く輪切りにしたネギを振りまき、さらに削ったかつお節をかけ、グルタミン酸ソーダ類と醬油で味つけて食べる料理。「職なく、金なく、着の身着のまま妻君と同棲しはじめた頃、アパートの四畳半のタタミに、ビニールの風呂敷をひろげて食卓とし、よく作って喰《た》べた」。シンプルでうまい吉本料理の代表作の一つだ。

「弁当」とは「当座を弁ずる」の意味。栄久庵憲司『幕の内弁当の美学』には「まにあわせの芸術」とある。ネギ弁当に比べれば、幕の内弁当は豪華とも言えるが当座を間に合わせる「弁当」の感覚は共通している。

吉本家では体が弱い和子夫人に代わり、七年ほど料理を隆明が作り続けた。次女・吉本ばななのデビュー作『キッチン』に、女性となった父親が登場するが、それは台所に立つ自分の姿から連想され

たのではないかというのが、隆明の推測だ。

この連載の挿画を描いた長女・ハルノ宵子は料理好きで料理がうまい人となり、隆明最後の食エッセイ集『開店休業』の共著者にもなっている。

吉本家の料理番時代、買い物籠をさげた隆明の姿が週刊誌に出たりして、料理する思想家として話題となったが、夫人にしてみると、事実と違う部分もあったようだ。

例えば「わたしが料理を作るとき」に「白菜・にんじん・豚ロース水たき」があるが、この料理は夫人のアイデアらしい。たいへん夫人はご立腹だったようで、後年の本には「家人が考え出し、わたしもときどきつくっていた豚ロース鍋」と修正されている。ハルノによると、夫人は料理が上手だったが、作り出すと完璧を目指す人だった。間に合わせの弁当もおいしい隆明とは、料理への向かい方が異なっていたのかもしれない。

でも隆明はネギ弁当を記した文で「美味しく、ひっそりとして、その頃は愉しかった」と書いている。まさにネギ弁当は夫人と暮らし始めた思い出と重なるおいしい料理なのだろう。

あとがき

「江戸っ子だってなぁ」「神田の生まれだ」「寿司を食いねぇ」。清水次郎長の代参で、子分の森の石松が讃岐の金刀比羅宮に刀を納めに行った帰途、大坂の八軒家の船着場（大阪市中央区）から淀川を遡って京都・伏見への三十石船に乗っていると、乗合の神田生まれの江戸っ子から、次郎長の名前が挙がる。それが嬉しくて、石松がその乗合の者に寿司を勧め、酒も勧める。「飲みねぇ、飲みねぇ、おぅ飲みねぇ。おぅ寿司を食いねぇ、寿司を。もっとこっちに寄んねぇ。江戸っ子だってねぇ」「神田の生まれだい」と進んでいくやりとりは、二代目広沢虎造の浪曲の名調子で有名だ。

日本人は相手と二人だけで直接、自分の思いや考えを述べ合うことはあまり得意ではないのかもしれないが、この石松と江戸っ子のように間に食べ物や飲み物を挟んで、会話を進めていくことは、初対面の相手でも、それほど苦手ではないようだ。

ちなみに石松の台詞を受けていると思われる「シブがき隊」の「スシ食いねェ！」は江戸前寿司を歌のネタにしているが、石松が江戸っ子に振る舞っている寿司は、大坂で船に乗り込む前に買った押し寿司である。

☆

文学担当の記者として日本の小説を読んでいると、食べ物に関係する場面が非常に多いことに気づく。食を通して、周囲と会話するだけでなく、食を通して、自分の思考を深めたり、それを述べたりすることは、日本の作家たちもたいへん好きなようである。

例えば、夏目漱石の『草枕』は「山路を登りながら、こう考えた。智に働けば角が立つ。情に棹《さお》させば流される」の書き出しで知られるが、この作品で展開される「非人情」という考え方は、「余は凡《すべ》ての菓子のうちで尤《もっと》も羊羹《ようかん》が好《すき》だ」と漱石が『草枕』で記しているように、作中登場する羊羹を通して受け取るのが、最もわかりやすいと思う。

鯖の味噌煮と言えば森鷗外の『雁』。『雁』と言えば鯖の味噌煮というほど、同作では主人公が嫌いだった鯖の味噌煮が重要な役割を担っている。実際の鷗外も鯖の味噌煮が嫌いだったようだが、鷗外は島根県津和野の出身。津和野は鯖を刺し身で食べるほどの鯖文化の土地なのに、なぜ鯖の味噌煮が嫌いだったのか……。こういうことも考え出すと、まことに不思議である。

本書はそのような食べ物や飲み物のことが作品の中心に出てくる小説やエッセイ、詩、短歌、俳句などを紹介しながら（もちろん、寿司が作品の中心に出てくる志賀直哉の「小僧の神様」も取り上げた）、それらが文学作品に登場する意味を考え、かつそれらの食べ物がいつ頃から日本にあったのか、あるいは何時代に日本に伝播伝来してきたのか、そのルーツや現在、我々が食するスタイルになるまでの発展史を記したものである。

☆

いま我々は（自分が使えるお金の範囲でのことだが）かなり自由に食を楽しむことができる。それは事実だが、日本の食文化の歴史をたどってみると、日本人の食が、時の政治政策や戦争、また地震などの自然災害の影響を大きく受けて変化してきたことがわかる。自分の好みで自由に食べているように思っている食べ物も、実は時代の影響を大きく受けているのである。このような観点からも多くのことを記した。

いくつか例を挙げれば、今でも寿司屋では食談義が盛んであり、「トロなんて、昔は食べるものではなく、下等な食べ物で棄てていた」などという話もよく耳にする。

天武四(六七五)年に、天武天皇が最初の肉食禁止令を出して以来、日本人は千二百年間、基本的に肉食を避けてきた。それが和食のメインディッシュが魚料理になった理由であるし、日本人が脂っぽい食べ物より、淡白な味の食べ物を好む理由でもある。

しかし欧米をモデルにした近代国家をつくるために富国強兵策を推進した明治政府が、肉食によって日本人の体位を向上させることを考え、明治五(一八七二)年に肉食禁止令を解いて、肉食を奨励したのだ。そして、日本人が西洋料理になじむうちに、次第に脂っぽい味を好むようになり、大正期には、脂身の多い寿司のトロも賞味するようになっていたようだ。

日本人が好む淡白な味の代表である豆腐も不変の味を保ち続けたわけではなく、意外にも戦争の影響を受けている。豆腐の凝固剤・にがりは塩化マグネシウムが主成分だが、にがりに含まれるマグネシウムが第二次世界大戦中に、飛行機材料のジュラルミンの原料として軍需用に統制されて使えなくなり、代わりに硫酸カルシウムを使用するようになった。硫酸カルシウムで凝固させた豆腐は保水性がよく、舌ざわりも滑らかで、戦後も使われている。

ラムネを密閉する玉入りの瓶はイギリスの発明だが、イギリスには既に残っておらず、あの玉入りの瓶は日本とインドだけに残った。大戦中、兵士が水による感染症などにならぬように、ラムネ製造機を積んだ日本の輸送船が戦地にラムネを運んだのだ。潜水艦にもラムネ製造機があったという。蓋を付け直す必要がない玉入り瓶は戦地に適していたのである。日本でラムネが戦後まで生き延びたことに戦争も関係していたのかもしれない。

そして、戦後に大きく日本の食の中に入ってきたものに小麦粉がある。餃子、お好み焼き、たこ焼き、焼きそば、ラーメン、学校給食のパン……。敗戦の昭和二十（一九四五）年は農家の疲弊もあって、穀類や豆類などが記録的な大凶作だった。そこに外地からの多くの引き揚げ者も帰ってきたわけで、食糧危機となった。政府はこの危機に対処するために、アメリカの占領地域救済政府資金（ガリオア資金）で、小麦や小麦粉を大量に輸入した。日本人の戦後の小麦粉を使った粉食文化の隆盛には、戦後の食糧難の影響がある。

また関東大震災を機に、東京から関西へ職人が移動して、江戸前寿司やおでんが関西で流行するなど、自然災害がきっかけで食文化に変化をもたらすことも多いのだ。

☆

本書は共同通信社配信の企画として全国の新聞に「文学を食べる」というタイトルで連載したものである。連載の挿画は、漫画家のハルノ宵子さんにお願いした。新聞連載時、ハルノ宵子さんの素晴らしい絵に助けられて、この企画は好評だった。その絵を美しいオールカラーで本にしてくださった作品社の髙木有さんに感謝の意を記しておきたい。

ハルノさんは料理が得意な人だが、私の勤務先でグラフィックスセクションの担当者が「料理を実際に作れる人が描いている絵です。料理を作ってから描いているのかもしれないですね」と話していた。料理を作って、それを描いたということはないでしょうが、でも実際に、描いてもらった料理を作れる人であることは、その通りのようだった。そして、いかにも漫画家らしく、時々、クスッと笑ってしまう絵もあった。ハルノさんのおいしく、楽しい絵を味わっていただけたらと思う。

また、執筆がうまく進まない時に、ハルノさんから励ましのメールをいただいたことも忘れられない。素敵な絵とともに、そのことのお礼も述べておきたい。ありがとうございました。

ハルノ宵子さんは、詩人で評論家の吉本隆明さんの長女である。吉本隆明さんとは、何回か記者としてインタビューしたことがあるという関係にすぎないが、インタビューの主たるテーマから離れて、食べ物の話になると、別の楽しさが吉本さんの顔に浮かんできた。「料理する思想家」などとも呼ばれたことがあって、料理の話が好きだった。

「揚げ物なんか、作りますか？」と質問したら、「小山さん。揚げ物はおいしく揚げてくれる店を知っていて、そこで揚げてもらったものを、すぐに食べるのが一番うまいですよ」と答えた吉本さんの楽しそうな顔が、今も目に浮かぶ。下町育ちの料理実践派の意見として説得力があり、なるほどと納得したし、自分が育った田舎の町で、学校帰りに肉屋に寄り、揚げてたてを食べたコロッケのおいしい味のことを思い出したりした。

吉本隆明さんには、数冊の食べ物に関する著作があるが（料理好きなハルノ宵子さんとの共著の食エッセイ集『開店休業』もある）、吉本さんの食べ物のおいしさに関する理論は〈料理の味は思い出に関わっている部分が大きい〉というものだった。

その吉本さんに「わたしが料理を作るとき」というエッセイがあり、昭和四十九（一九七四）年に発表された、この短い文章の味わいを、私は深く愛している。

職なく、金なく、着の身着のまま和子夫人と同棲しはじめた頃に作った「ネギ弁当」という料理のことが、このエッセイに出てくるのだが、それはまさに吉本さんの思い出に関わる料理なのだ。その「ネギ弁当」のことを紹介したいと思って、始めた連載だとも言える。吉本さんの言う通り、きっとどんな人にも忘れ難い思い出の味の料理というものがあるのではないだろうか。

「ネギ弁当」のことは、この本の最終回に記してある。そして本の第一回は吉本さんの次女、吉本ばななさんの『キッチン』の「カツ丼」から始まっている。

☆

本書では、百種類の食べ物、飲み物を取り上げたが、特種なものや高価なものは避け、できるだけカジュアルなものを題材にした作品を取り上げることに心がけた。週一回の新聞連載を切り抜いて、その料理を作りながら、読んでいるという読者もいたようだ。簡単な作り方、レシピのようなものを記した回もあるが、作って食べたら、本当においしかったという感想をいただいたこともあった。

いま実にたくさんの食べ物に関する本がある。文学者とその作家が好む食べ物の本も、とても多い。私もこの連載を書くために数百冊の食べ物関係の本を読んだのだが、でも、中心に食べ物が出てくる作品と、そこに託された食べ物の意味とともに、これらの食べ物の食文化史を合わせて書いたものは、あまりないように思う。

この本のどのページから読み始めてもいいので、おいしい百回の文学作品と百種類の食べ物の歴史を楽しんでほしい。それらを通して、近代以降の日本の文学をより身近なものとして読んでもらえたら、とても嬉しい。

【著作者略歴】

小山鉄郎（こやま・てつろう）

1949年、群馬県生まれ。一橋大学経済学部卒。共同通信社編集委員・論説委員。日本記者クラブ賞受賞。著書に『白川静さんに学ぶ　漢字は楽しい』『白川静さんに学ぶ　漢字は怖い』（共同通信社・新潮文庫）、『村上春樹を読みつくす』（講談社現代新書）、『村上春樹を読む午後』（文藝春秋、共著）、『あのとき、文学があった―「文学者追跡」完全版』（論創社）、『大変を生きる―日本の災害と文学』（作品社）、『白川静入門　真・狂・遊』（平凡社新書）など。

ハルノ宵子（はるの・よいこ）

1957年、東京生まれ。漫画家。詩人・評論家＝吉本隆明の長女。妹は小説家の吉本ばなな。著書に『虹の王国』（JICC出版局）、『ノアの虹たち』（みき書房）、『それでも猫は出かけていく』（幻冬舎）、父隆明と共著の食エッセー『開店休業』（プレジデント社）など。

文学はおいしい。

2018年9月20日　第1刷発行

著者　小山鉄郎
挿画　ハルノ宵子
発行者　和田　肇
発行所　株式会社 作品社
〒102-0072 東京都千代田区飯田橋 2-7-4
電話　03-3262-9753
ＦＡＸ　03-3262-9757
http://www.sakuhinsha.com
振替　00160-3-27183

装丁　小川惟久
本文組版　米山雄基
印刷・製本　シナノ印刷㈱

ISBN978-4-86182-719-8 C0095